書下ろし

雪の声

便り屋お葉日月抄④

今井絵美子

祥伝社文庫

目次

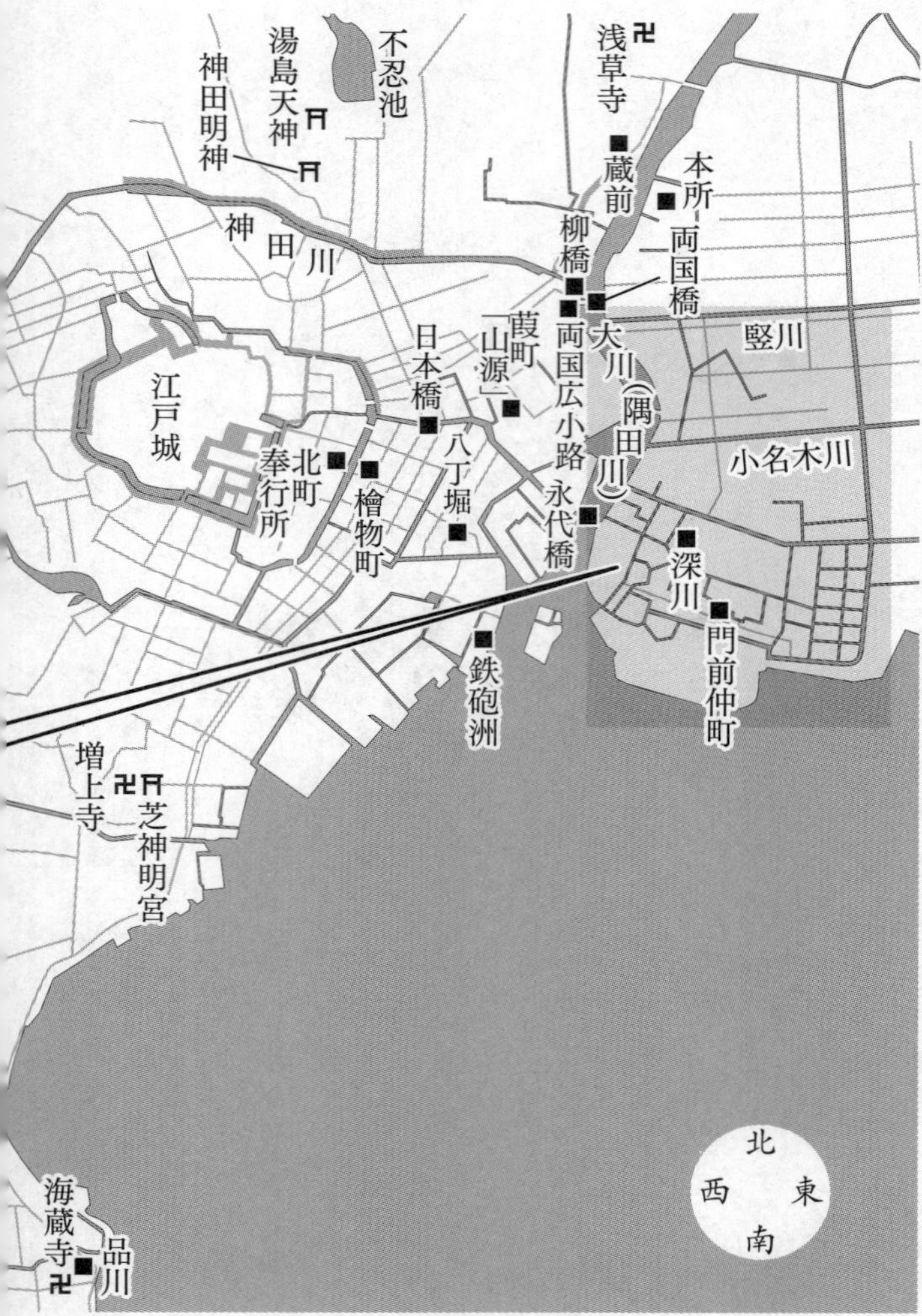
不忍池
湯島天神
神田明神
神田川
浅草寺
蔵前
本所
柳橋
両国橋
竪川
大川（隅田川）
両国広小路
葭町
「山源」
日本橋
江戸城
北町奉行所
檜物町
八丁堀
永代橋
小名木川
深川
門前仲町
鉄砲洲
増上寺
芝神明宮
海蔵寺
品川
北
西
東
南

「雪の声」の舞台

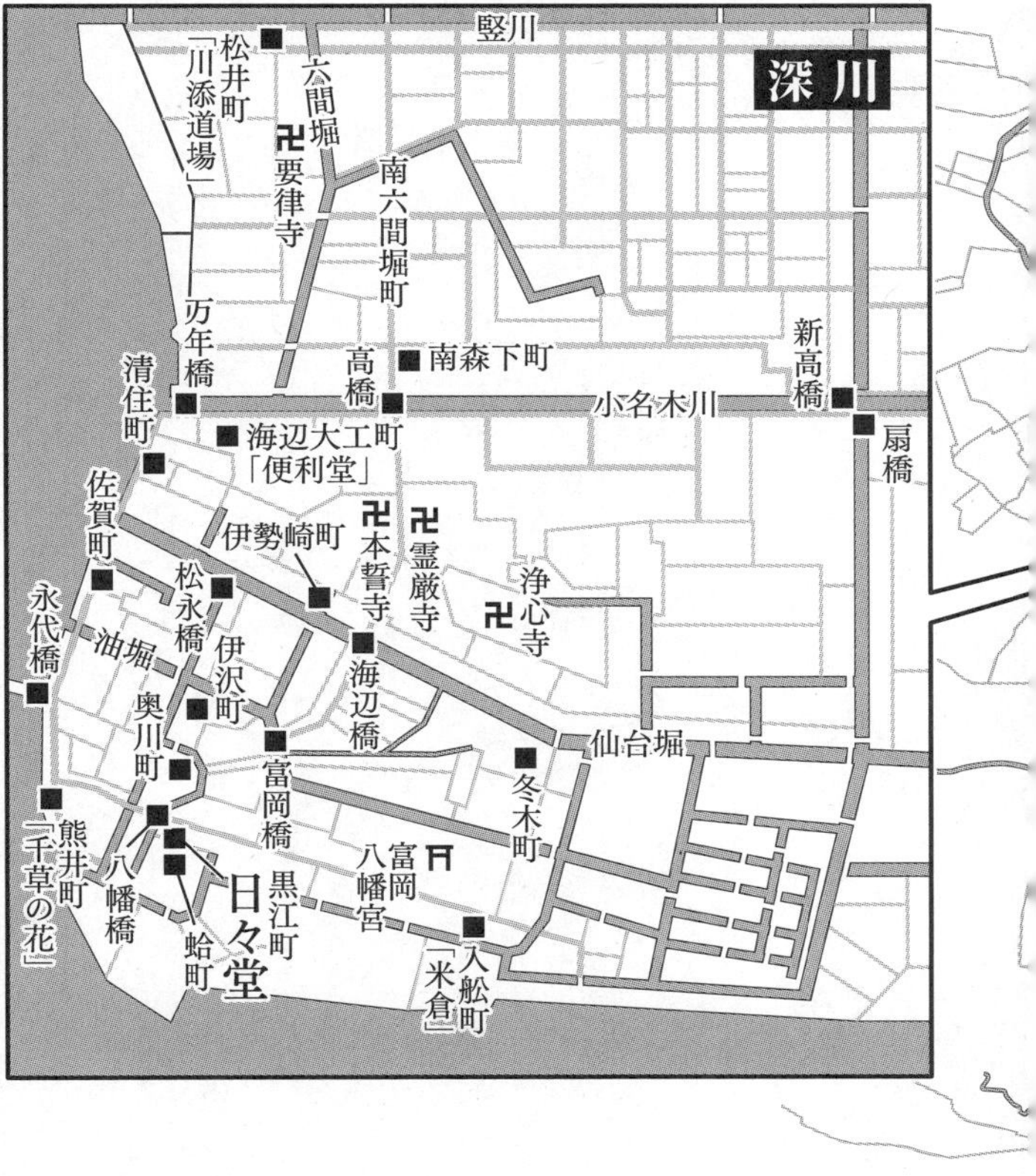

深川
竪川
松井町
「川添道場」
六間堀
要律寺
南六間堀町
万年橋
清住町
高橋
南森下町
新高橋
小名木川
扇橋
海辺大工町
「便利堂」
佐賀町
伊勢崎町
本誓寺
霊巌寺
浄心寺
松永橋
永代橋
油堀
伊沢町
海辺橋
奥川町
仙台堀
冬木町
富岡橋
熊井町
「千草の花」
八幡橋
日々堂
蛤町
黒江町
富岡八幡宮
入船町
「米倉」

凍《いて》蝶《ちょう》

師走《しわす》（十二月）のことを臘月《ろうげつ》、極月《ごくげつ》、終月《しゅうげつ》というが、いずれにしても一年の最後を締《し》め括《くく》る月とあって、年中三界暇《ねんじゅうさんがいひま》なしの便り屋日々堂《にちにちどう》では常にも増して怱忙《そうぼう》を極《きわ》め、席の温まる暇がないほどの忙しさであった。

というのも、師走は二季《にき》の折れ目とあり、堰《せき》を切ったかのように、お店《たな》というお店から得意先への書出《かきだし》（請求書）が送り出されるからである。

町小使《まちこづかい》（飛脚《ひきゃく》）が得意先を廻《まわ》り書出を集めて来ると、仕分け室では作業が始まり、配達地域が大川《おおかわ》より西のものは葭町《よしちょう》の山源《やまげん》（飛脚問屋の総元締《そうもとじめ》）送りに、また日々堂の管轄《かんかつ》分は町小使の担当区分へと細別《さいべつ》されるのだった。

そこに葭町から届いた日々堂の配達分や、掛け取りとは関係のない文《ふみ》や遊女の蕩《た》らし文までが加わるのであるから、猫の手も借りたいとは、まさにこのことであろうか……。

「あっ、佐之助《さのすけ》さん、これはうちの管轄ではありませんよ。加賀町《かがちょう》は加賀町でも、これは京橋南《きょうばしみなみ》の、ほら、山下《やました》御門近くの加納屋《かのうや》ですよ。俺、去年も一昨年《おととし》も雇人《やといど》(臨時雇い)として雇ってもらったから、憶《おぼ》えてるんだ……」

師走に入り急遽《きゅうきょ》雇人として入った猪平《いへい》が、おどおどとした素振《そぶ》りで佐之助を窺《うかが》う。

佐之助は凄味《すごみ》のある目で猪平を睨《ね》めつけると、憮然《ぶぜん》としたように書出を受け取り、葭町行きの束《たば》にぽいと放った。

日々堂随一《ずいいち》の駿足《しゅんそく》を誇る佐之助は、集配の仕事から離れて仕分け作業をやらなくてはならないことに、よほど肝《きも》が煎《い》れてならないとみえる。

とはいえ、佐之助が海辺大工町《うみべだいくちょう》の便利堂《べんりどう》の男衆《おとこし》から暴行を受け、脚《あし》を骨折したのが三ヶ月前……。

此《こ》の中《じゅう》、ようやく杖《つえ》をつかずに歩けるようになったとはいえ、飛脚走りが出来るようになるには、まだしばらくかかるであろう。

それで、雇人に混じって仕分け作業を助けることになったのであるが、猫の手も借りたいほどに忙しいこの時季、小僧の昇平《しょうへい》や市太《いちた》までが油堀界隈《あぶらぼりかいわい》の集配に駆り出され、その姿を指を銜《くわ》えて眺めていなければならないのであるから、佐之助が気を苛《いら》つのも頷《うなず》けた。

しかも、慣れない仕分け作業に携《たずさ》われば携わったで、鈍臭《どんくさ》いと店衆《たなし》の誰からも胡散臭《うさんくさ》がられる雇人の猪平にまで、仕分けの誤りを指摘されるのであるから目も当てられない。

「おう、佐之助、無理をしなくていいんだからよ!」

宰領《さいりよう》の正蔵《しようぞう》が帳場から声をかける。

佐之助は鼻白《はなじろ》んだような顔をして、むすっと立ち上がった。

「おっ、休憩《きゆうけい》すっか?　それがいい。二階の使用人部屋を借りて、少し休んで来な」

「…………」

佐之助はちらと帳場を見やると、無言のまま、仕分け室から出て行った。

「済んません……。俺、なんだか余計なことを言っちまったみてェで……」

猪平は二季の折れ目だけの雇人で、そのうえ、心柄《こころがら》(生まれつきの性格)が小胆《しようたん》ときて、歯の根が合わないほどに狼狽《うろた》えている。

「なに、気にするこたアねえ。おめえのせいじゃねえんだからよ」

正蔵は書出の束を袱紗《ふくさ》で包むと、番頭格の友造《ともぞう》を呼びつけた。

「小名木川《おなぎがわ》より北はおめえに委《まか》せたぜ。南は俺が廻るからよ」

そう言い、書出の入った袱紗と手拭《てぬぐい》を手渡す。

日々堂は便り屋であり、口入屋《くちいれや》でもある。

そのため、他のお店同様に、得意先からその都度《つど》代金を受け取るのではなく、半期ごとに纏《まと》めて請求することになっていて、手拭はいわば歳暮代わりといってもよいだろう。

「へい。じゃ、早速《さっそく》……。ところで、佐之助にも困ったもんでやすね」

友造が蕗味噌《ふきみそ》を嘗《な》めたような顔をする。

「まっ、あいつが焦《あせ》る気も解《わか》らねえでもねえんだがよ。皆が忙しくしているというのに、てめえだけが蚊帳《かや》の外ってんでは、さぞや、居たたまれねえんだろうよ……」

正蔵も困《こう》じ果てた顔をする。

「近場だけでもやらせちゃどうでやす？」

「それも考えたんだがよ……。小僧と同じことをやらせたんじゃ、町小使の沽券《こけん》が下がると、あいつが嫌がるのじゃねえかと思ってよ」

「脚が速《はえ》ェのが自慢の佐之助でやすからね」

「まっ、長《なげ》ェ目で見てやるよりしょうがあるめえよ。脚が元に戻れば、借りを返《けえ》してくれりゃいいんだからよ」

「そういうことでやすね。そんなわけだ。猪平、気にするんじゃねえぜ！」

友造に言われ、猪平が、へえ……、と亀のように首を竦《すく》めた。

仕分け室にいた他の雇人たちが、どっと嗤《わら》う。

正蔵が小名木川より南の書出の入った袱紗包みを手に、茶の間へと入って行く。

上得意先に配る歳暮を確認していたお葉《よう》が、顔を上げる。

「正蔵、よいところに来ておくれだえ。歳暮を配るお店なんだけどさ、井澤屋《いざわや》だろ？それに遠州屋《えんしゆうや》、冨田屋《とみたや》、富士見屋《ふじみや》、薬種問屋《やくしゆ》の天狗堂《てんぐどう》、結城屋《ゆうきや》、それに今回から醬油《しようゆ》問屋の吉田屋《よしだや》とおてるが世話になっている手前、葉茶屋《はぢやや》問屋の米倉《よねくら》を加えるとして、ひい、ふゥの、みい……。おや、八軒ということは、どこか落ちてるよ……。一体、どこだったっけ？」

お葉が鰹節《かつおぶし》の入った箱を数えながら、正蔵を窺う。

「女将《おかみ》さん、肝心《かんじん》なところが落ちてやすぜ。ほれ、添島《そえじま》さま！」

「ああ、そうだった……。添島さまにはおてるの父親《てておや》のことやら、佐之助や六助《ろくすけ》がさんざっぱら世話になったというのに、忘れたんじゃ困るよね。するてェと、これで九軒。じゃ、あと一つは、どこに配るんだったっけ……」

お葉が訝《いぶか》しそうな顔をすると、正蔵がぷっと噴《ふ》き出した。

「またまた、女将さんはこれなんだから……。清太郎坊《せいたろうぼ》っちゃんが世話になっているから、今年は何がなんでも手習《てならい》師匠の石鍋《いしなべ》さまに歳暮をとおっしゃったのは、女将さんではありやせんか！」

お葉はとぼんとした。

「そうだったっけ……。あたしが石鍋さまに世話になっているとしたら、清太郎は戸《と》田《だ》さまにだって剣術の指南で世話になっていると言ったら、おまえが戸田さまのことだから世話になっているのは自分のほうだと固辞されるだろうって言うもんだから、それでは不公平になるから、石鍋さまも止《や》めようかと言ったんじゃなかったっけ？」

「またまた……。不公平だからお止めになったらどうでやすと言ったのは、あっしのほうでやす。そうしたら、女将さんは、戸田さまには代書の仕事をしてもらい、日々堂とは持ちつ持たれつだが、石鍋さまはそうはいかない……、そうおっしゃったではないですか！」

お葉はへへっ、そうだったっけ……、と小娘のように肩を竦めてみせた。

「じゃ、これで十軒……。石鍋さま、添島さま、米倉にはあたしが挨拶《あいさつ》かたがた持って行くとして、あとは頼んだよ。書出を配るついでに届けておくれ」

お葉が茶櫃《ちゃびつ》の蓋《ふた》を開け、飲むだろう？　と正蔵に目まじする。

「ええ、頂《いただ》きやす」

「添島さまで思い出したんだが、佐之助、どうしてる？　皆が忙しくしているのに、自分だけが穀《ごく》に立たない（役に立たない）んじゃ申し訳ないと、仕分け作業を助けると申し出たと言ってたが……」

お葉が鉄瓶《てつびん》の湯を急須《きゅうす》に注《つ》ぎながら訊《たず》ねる。

「へえ、それが……」

正蔵は眉根《まゆね》を寄せた。

お葉が訝しそうに正蔵に目を据《す》える。

正蔵は太息《ふといき》を吐《つ》くと、たった今、仕分け室であったことをお葉に話して聞かせた。

「まあ、そんなことが……。けど、心配には及ばないさ。佐之助は焦っているんだろうが、元々、年内に復帰するのは無理と店衆の誰もが納得してるんだからさ。放っておけばいいさ。こんな場合、下手《へた》に慰《なぐさ》めたり宥《なだ》めたりすると、ますます佐之助を焦らせちまうからさ」

「さいですね」

「それにさ、佐之助が怪我《けが》をしたのは、六助が便利堂の男衆から嫌がらせを受けたからじゃないか！　佐之助は日々堂の看板を背中に背負って抗議に出掛け、そのため、寄って集《たか》っての暴行を受けたんだもの、誰が義侠《ぎきょうしん》心を示した佐之助のことを責めようかよ！　その意味でも、あたしは佐之助には無理をしてもらいたくないんだよ」

お葉が長火鉢《ながひばち》の猫板《ねこいた》に湯呑《ゆのみ》を置く。

正蔵は茶を口に含むと、美味《うま》そうに頰《ほお》を弛《ゆる》めた。

が、ふと神妙《しんみよう》な面差《おもざ》しに戻すと、

「確かに、女将さんがおっしゃるとおりなんだが、あっしが心配してるのは、佐之助のその義侠心で……」

と呟《つぶや》いた。

お葉がえっと首を傾《かし》げる。

「あいつ、旦那が拾ってやるまでは、ごろん坊で……。鉄火打《てっかう》ちと連《つる》んで集り紛《まが》いのことをしていたときに、旦那が見込んで町小使に引き入れたんだが、喧嘩《けんか》っ早《ぱや》くて、どこかしら物事を斜《しゃ》に構えて見るようなところがあっしは気に食わなくて、佐之助を日々堂に入れることには乗り気じゃなかったんですよ。けど、旦那がやけに肩入れしてよ……。まっ、旦那が見込んだだけのことはあって、滅法界《めっぽうかい》脚が速く、これまで大《てえ》した問題を引き起こすことなくきたんだが、此度《こたび》のことで、あっしは少しばかり鬼胎《きたい》を抱《いだ》くようになりやしてね」

「だって、そうでやしょ？　六助が便利堂の男衆から嫌がらせを受け、挟《はさ》み箱を奪われそうになったと聞き、確かに、あっしら全員、鶏冠《とさか》に来やしたよ。誰もが、すぐにでも便利堂に抗議に出掛けてェとも思いやした。けどよ、佐之助がたった一人で殴《なぐ》り込みをかけるなんて……。誰が考えたって、多勢《たぜい》に無勢《ぶぜい》で勝ち目のねえことくれェ解りそうなもの……。それを、あいつは後先《あとさき》考えずに行動に移しちまったんだからよ！　どう考えても、尋常じゃねえ……」

「鬼胎を抱くとは……」

正蔵は渋顔《しぶがお》をしてみせた。

確かに、正蔵の言うとおりである。

力に力でぶつかったのでは、意趣返しの繰《く》り返しとなり、そんなことをしていたのでは方図《ほうず》がない（際限がない）。

それより、お葉のように理を徹《とお》して問題解決に臨《のぞ》んだほうが、どれだけましか……。

その結果、此度の騒動の黒幕が山源であり、山源が三年前まで日々堂で働いていた角造《かくぞう》を操《あやつ》り、日々堂と便利堂の諍《いさか》いを利用して、一気に大川より東を牛耳《ぎゅうじ》ろうとしたことまでが判明したのであるから……。

真相が判《わか》り、現在《いま》では、便利堂は口入業に徹している。

自分は口入屋を開いたつもりでいたので、便利堂が便り屋にまで手を出していると は知らなかった、角造が見世《みせ》のことは何もかも委《まか》せてくれ、深川《ふかがわ》は自分の古巣だ、旦那は帳簿をつけていればいいのだからと言うものだから、つい、角造を信用してしまったが、まさか、あの男が便り屋にまで手を伸ばし、日々堂に迷惑をかけていたとは知らなかった……。

そう言って、平謝りに謝った便利堂の御亭《ごてい》……。

結句、山源の口車に乗って泳がされた角造が、蜥蜴《とかげ》の尻尾《しっぽ》切りとばかりに責任を負わされ、この世界から追放されたのである。

おそらく、角造は二度とこの世界に戻って来られないだろう。

仕掛けた角造も角造ならば、まともに受けた佐之助も佐之助……。

正蔵が懸念《けねん》しているのは、この二人には共通したものがあるように思えるからなのである。

お葉の頬もつと曇った。

が、まさか……、とその想《おも》いを振り払うと、お葉は微笑《ほほえ》んだ。

「さっ、そろそろ出掛けたほうがいいよ。時は待ってちゃくれないからさ！」

お葉は一の鳥居を潜《くぐ》ると、門前仲町《もんぜんなかちょう》の通りを富岡八幡宮《とみおかはちまんぐう》に向かって歩いて行った。

午前のうちに、入舩町《いりふねちょう》の米倉にだけでも暮れの挨拶をしておこうと思ったのである。

町並はすっかり正月準備に染まっていた。

しかも、今日は十三日の煤払《すすはら》い……。

通りのそこかしこに、煤竹《すすたけ》を手に見世の軒樋《のきどい》や内樋《うちどい》を払うお店者《たなもの》の姿や、節季候《せきぞろ》(物乞《ものご》い)、暦《こよみ》売《う》り、扇箱《おうぎばこ》売《う》りの姿が見られ、八幡宮前の広場には、明日からの歳《とし》の市に備え、早々とお飾《かざ》り売りの小屋掛けが始まっていた。

江戸では、十二月十四、十五日の富岡八幡宮を皮切りに、十七、十八日の浅草寺《せんそうじ》、二十日、二十一日の神田明神《かんだみょうじん》、二十二、二十三日の芝神明宮《しばしんめいぐう》と、ほぼ連日、各地に歳の市が立ったが、お飾り売りは仕事師《しごとし》(鳶《とび》)の臨時商《あきな》いで、毎年、小屋掛けする場所が決まっていた。

そのため、他の者が割り込むことは許されない。

歳の市が立つと、誰しもいよいよ今年も終わりかと、慌ただしさの中に、どこかしら寂《さみ》しさを覚えるのだった。

永代寺門前町《えいたいじもんぜんちょう》を抜けると、汐見橋《しおみばし》を挟んで、西と東が入船町……。

葉茶屋問屋米倉の看板が見えてくる。

米倉では、ちょうど、荷馬車が着いたばかりのところで、手代や小僧が忙《せわ》しげに茶箱を見世の中に運び込んでいた。

手代の一人がお葉を認め、慌てて会釈《えしゃく》した。

「これは、日々堂の……。あっ、おてるちゃんでやすか？　今、呼んで参りやしょう」

「いいえ、今日は、お町《まち》さんに暮れの挨拶をと思いましてね」

「さいで……。では、少々お待ち下さいませ」

手代が見世の奥に引っ込んでしばらくすると、お葉も顔見知りのおつなというお端女《はした》が出て来て、母屋《おもや》へと案内した。

「女将さんがお越しと聞いて、お嬢さまがそれはもうお悦《よろこ》びになり、正月用の晴着を見せるのだと張り切っておいでですのよ」

おつながお葉を振り返り、耳打ちした。

お嬢さま……。

両親と死に別れたおてるを米倉の内儀お町付きの女中として紹介して一年、いつから、おてるはお嬢さまと呼ばれるようになったのであろうか。

が、その疑問は、おてるとお町に逢《あ》った瞬間、払拭《ふっしょく》された。

おてるはまるで大店《おおだな》の一人娘であるかのように着飾り、面差しまでが良家の子女といった感じなのである。

そして、そんなおてるを瞠《みつ》める、お町の眼差《まなざ》し……。

それは愛《いと》しい我が娘《こ》を瞠める、母の目そのものであった。

「女将さん、よくお越し下さいました」

おてるが三つ指をつき、深々と辞儀をする。

銀杏《いちょう》くずしに結《ゆ》った髷《まげ》の上で、びらびら簪《かんざし》が音を立てた。

萌葱色地《もえぎいろじ》に流水澤瀉《りゅうすいおもだか》模様の振袖《ふりそで》に、三筋立《みすじだ》ての縞《しま》模様の帯を水木結《みずきむす》びにしているが、どこから見ても大店の娘の装《よそお》いである。

「まあ、本当に、よくぞお越し下さいました」

そう言って頭を下げたお町も、五年ほど前に水死した一人娘お冴《さえ》への想いを振り払うかのように、形振《なりふ》り構わず茶揉《ちゃも》み作業に埋没していた頃に比べれば、天と地ほどの違いで、まるで別人かと思うほどに活き活《い》きとしているではないか……。

お町はおてるを引き取って、生き返ったのであろう。

三歳で亡くしたお冴とおてるが似ているはずもないのに、お冴が生きていればいずれこんな娘になったのであろうと、そんな想いがお町の母心《ははごころ》を擽《くすぐ》るのではなかろうか……。

「おてるちゃんが世話になっているものだから、何がなんでも挨拶に伺《うかが》わなきゃと思いましてね」

お葉は辞儀をすると、風呂敷包《ふろしきづつ》みの中から熨斗《のし》をつけた箱を取り出し、つまらないものですが……、と差し出す。

お町は挙措《きょそ》を失った。

「滅相《めっそう》もありません。挨拶に上がらなければならないのは、あたしどものほうで……。申し訳ありません。失礼をしてしまいました」

そこに、お端女が茶菓《さか》を運んで来て、緊張した雰囲気がいくらか和《なご》んだ。

「おてるちゃんがお宅さまにすっかり馴染《なじ》んでいる様子に、安堵《あんど》しましたよ。おてるちゃん、良かったね！　可愛《かわい》がってもらっているんだね」

お葉がそう言うと、おてるは素直に、はい、と頷いた。

「それはもう可愛くってね……。時折、何気なく見せる仕種《しぐさ》がお冴を彷彿《ほうふつ》させるかのようでしてね。あたしね、きっとお冴が生まれ変わって来てくれたのだと信じていますの。そう申しますと、主人が嗤うんですよ。おまえは莫迦《ばか》か、お冴が生きていたとすれば現在《いま》は十歳で、十二歳のおてるがお冴の生まれ変わりのはずがないと……。でも、いいんです！　きっと、あの娘《こ》が生きていればこんな娘に育ったのだと、神仏が先の先まで見せて下さっているのですもの……。あたしはそう信じていますの」

「確か、おてるちゃんはお町さんのお側《そば》としてこちらに上がったと思うんだけど、では、そうではないと？」

おつなの、お嬢さま、という言葉が気にかかっていたお葉は、水を向けた。

お町は待っていましたとばかりに、相好《そうごう》を崩《くず》した。

「そのことなんですがね。実は、年が明けて、改めてお願いに上がりたいと思っていたのですが、主人とも相談しまして、おてるを正式に米倉の養女として迎えたいと思いますの。むろん、おてるにはその旨《むね》を伝えてあります」

お町が上目《うわめ》にお葉を窺う。

「そうなれば、おてるには両親がいないので、女将さんに親代わりとして承諾していただかないとなりませんからね」

「あたしの承諾ですって……」

一瞬、お葉は躊躇《ためら》った。

承諾するも何も、要は、おてるの腹一つ……。

お葉がおてるを瞠める。

その視線には、おまえはそれでいいのか、という意味が込められていた。

おてるはつと俯《うつむ》いた。

すると、お町が慌てて割って入る。

「いえね、この娘《こ》が気にしているのは、弟の良作《りようさく》のことなんですよ。良作を日々堂に残して、自分だけが米倉の養女になるのは気が退《ひ》けると言いましてね……。それで、あたしは言いましたの。現在《いま》、良作は日々堂の小僧をしていて、先々は町小使として働くわけですが、だったらいっそ、良作も米倉に引き取り、うちで働かせたらどうかと……。けれども、そうなれば、おてると良作は主従の関係になりますからね。おてるはそれを気にしているんですよ」

なるほど、そういうことか……。

弟想いのおてるは、現在《いま》は良作が十歳とまだ幼いが、多感な年頃に近づくにつれ、姉と弟に身分の違いがあることに疑問を持ち、逡巡《しゆんじゆん》するのではないかと危惧《きぐ》しているのである。

「かといって、良作までを養子として迎えることはいささか気が進みませんのでね。それでは、あたしがおてるをお冴の生まれ変わりと思う心に水を差してしまいます。お冴は米倉の一人娘でした。いずれ、見合った家から婿《むこ》を取り、米倉を支えていく身でしたからね。それなのに良作までを養子に迎えたのでは、いつの日にか、おてるを嫁に出さなくてはならなくなりますでしょう? あたしはそんなのは嫌です! おてると二度と離れたくない……。ねっ、女将さんからもおてるに言ってやって下さいませ。良作は使用人として引き取るが、決して粗末には扱いません。良作さえ我勢《がせい》して(まじめに頑張って)働いてくれれば、いずれ、暖簾《のれんわ》分けすることを考えてやってもいいのですから……」

お町が縋《すが》るような目で、お葉を瞠める。

「解りました。いずれにしても、これはおてると良作の問題……。肝心の良作がどう思うかは、あの子の気持を確かめてみるより他にありませんからね」

「では、女将さんから良作の気持を訊《き》いてもらえますか?」

お町がそう言うと、おてるが慌てて首を振った。

「良作にはあたしから訊きます。あの子の本音《ほんね》は、あたしにしか解らない……。それに、大切なことなのに、自分の口から訊かないで、女将さんに訊いてもらうなんてことをしちゃいけないと思う……」

おてるは今にも泣き出しそうな顔をした。

お葉はおやっと思った。

一体、おてるの本心はどうなのであろうか……。

一見、お町からお冴の生まれ変わりと言われて悦んでいるかのように思えるが、それはお町に遠慮しているからであり、本音をいえば、良作と引き離されることにも、お冴の身代わりとして扱われることにも、抵抗を感じているのではなかろうか……。

すると、お葉の心を読んだかのように、おてるが続けた。

「誤解しないで下さいね。あたし、米倉の娘になれることが嬉《うれ》しくて堪《たま》らないんです。けど、それは綺麗《きれい》な着物《べべ》が着られて、美味《おい》しいものが食べられるからじゃないの！　可愛がってもらえるからでもないの。あたし、幼い頃におっかさんと引き離されたもんだから、おっかさんの顔もよく憶えていなくて……。物心ついた頃から病のおとっつァんや弟の面倒ばかり見てきたけど、本当のことを言って、おっかさんに甘える同じ年頃の子供が羨《うらや》ましくて堪らなかった！　あたしだって、おっかさんに抱かれてみたい、甘えてみたいとずっと思ってきたの……。だから、米倉の内儀《おかみ》さんから、おまえはお冴の生まれ変わりだ、あたしの娘なんだよって言われたとき、涙が出るほど嬉しかった！　けど、それでもまだ信じられない気持でいたんだけど、この前、あたしと良作が皆に黙って品川《しながわ》の海蔵寺《かいぞうじ》までおっかさんの墓詣《はかまい》りに行ったとき、帰ってきたあたしをお内儀さんが抱き締め、おまえがいなくなってどんなに心配したか……、もう二度と傍《そば》を離れるんじゃないよって抱き締めてくれたでしょう？　あのとき、あたしは内儀さんの胸に縋って泣きじゃくりながら、ああ、これがおっかさんの匂《にお》いなんだ、おっかさんの温かさなんだと思ったの……。あたしだって、二度と内儀さんと離れたくない！　内儀さんをおっかさんだと思いたい……」

おてるの目からはらはらと涙が零《こぼ》れた。

お町が感極まって、おてるを抱き締める。

「おてる、よく言っておくれだね……。あたしをおっかさんだと思っておくれ！　おっかさんと呼んでくれていいんだよ」

お町はそう言うと、堪《こら》えきれずに、ワッと泣き出した。

お葉の目にも熱いものが込み上《と》げてくる。

おてるは今初めて、胸の内を吐露《とろ》したのである。

夫の薬料《やくりよう》を捻出《ねんしゆつ》するために飯盛女《めしもりおんな》に売られていった母親に代わり、長患《ながわずら》いの父親や弟二人を支えてきた、おてる……。

　十歳にも満たない幼い娘が、子守や使い走りと金になることならなんでもして、一家を支えてきたのである。

　まだ親に甘えたい盛りに、甘えるどころか、気丈にも、肩肘《かたひじ》を張って生きていかなければならなかった、おてる……。

　その双親《ふたおや》と下の弟を相次いで亡くし、おてるは米倉に、上の弟良作は日々堂にと分かれて暮らすようになったが、おてるの心はまだ揺《ゆ》れているのであろう。

　親の愛に幸薄《さちうす》かっただけに、米倉に娘として迎えられることは、涙が出るほど嬉しい。

　が、はたして、自分だけがその幸せに酔いしれてよいのであろうか……。

　おてるは幸せを目前にしているというのに、まだ、一家の長《おさ》としての責任感が捨てきれないのである。

「解ったよ、おてるちゃん。おまえの口から良作に話したいというのなら、そうしたらいい。けど、そのときは、今、あたしたちに話したのと同じ本心を話すんだよ。そのうえで、良作の気持を質《ただ》すといい。良作を気遣《きづか》い、本心を隠すことだけはするんじゃないよ。それと、これだけは忘れないでおくれ……。良作には、あたしや日々堂がついているってことをさ！」

お葉はおてるの目を見据《みす》えた。

「はい」

おてるは澄んだ目でお葉を見ると、含羞《はにか》んだような笑《え》みを見せた。


昼餉《ひるげ》を一緒にという米倉の誘いを断り日々堂に帰ってみると、計《はか》ったように、厨《くりや》から昼餉膳を運んで来たおはまが、女将さん、佐之助の姿を見かけませんでしたか、と訊ねた。

「いや、見かけなかったが、佐之助がどうかしたのかえ？」

おはまから膳を受け取ったお葉が訝しそうな顔をする。

「どこにもいないんですよ。亭主の話じゃ、仕分け作業の途中で出て行ったが、二階で休んでいるんじゃないかってことだったんで、使用人部屋を覗《のぞ》いたんだが、いないんですよ」

「じゃ、どこかに出掛けたんじゃないのかえ？」

「出掛けたといっても、昼餉の時刻はとっくに過ぎてるってェのに……」

おはまは不服そうに唇を尖《とが》らせた。

早く食べてくれないと、後片づけが出来ないということなのだろう。

師走は町小使の出入りが激しく、皆が一堂に会して賄《まかな》いを摂《と》ることが出来ない。

それで、各自、仕事の合間を縫《ぬ》って摂るのであるが、ぼやぼやしていると、朝餉が片づかないうちにもう昼餉の仕度《したく》をしなくてはならないということになり、勝手方は収拾がつかなくなるのである。

町小使が目が廻るほどの忙しさだとすれば、勝手方は気がふれそうになるほどの忙しさ……。

正蔵の女房おはまは勝手方を仕切る立場にあり、気を苛ちたくなるのも頷けた。

何しろ、三度の賄いだけでなく、合間には正月準備もしなくてはならない。

年百年中《ねんびやくねんじゆう》、便り屋稼業《かぎよう》は応接に暇《いとま》がないほどの忙しさで、だからこそ、四季折々の祭事《さいじ》や行事に敏感でいなくてはならないし、決して疎《おろそ》かにしてはならないのである。

それが、休む間もなく立ち働いている町小使や女衆《おなごし》たちへの感謝であり、祝儀《しゆうぎ》といってもよいだろう。

「いいか、日々堂の財産は金じゃねえ、店衆の一人一人、おめえらだ！　俺はおめえらをいっち大切《てえせつ》に思ってるからよ」

それが、亡くなった甚三郎《じんざぶろう》の口癖《くちぐせ》だった。

甚三郎亡き後、お葉もこの言葉を座右《ざゆう》の銘《めい》としてきたのである。

だから、大晦日《おおつごもり》には年越し蕎麦《そば》を店衆全員で食べ、正月には門松《かどまつ》、鏡餅《かがみもち》、蓬萊《ほうらい》といった正月飾りもすれば、屠蘇《とそ》や雑煮《ぞうに》、お節《せち》料理を食べさせ、店衆の一人一人にお年玉も配る。

そして、七草《ななくさ》には七草粥《ななくさがゆ》、鏡開きには鏡汁《かがみじる》、小正月には小豆粥《あずきがゆ》、二月のお事始《ことはじめ》にはお事汁《ことじる》と……。

それゆえ、師走も半《なか》ばを過ぎると、勝手方を仕切るおはまの頭の中は正月準備で一杯になり、佐之助のように手前勝手をされると、つい、不満のひとつも言いたくなるのであろう。

「少し休むと言ったのであれば、蛤町《はまぐりちょう》の仕舞《しも》た屋に帰ったのじゃないかな？」

ひと足先に清太郎と昼餉を食べていた戸田龍之介《りゅうのすけ》が、割って入ってくる。

「ああ、そうかもしれないね。まっ、そうカリカリすることはないさ。じゃ、あたしも頂こうかね」

お葉が胸前で手を合わせ、箸《はし》を取る。

今日のお菜《さい》は鯖《さば》の味噌煮と雪花菜《きらず》（おから）、若布《わかめ》と豆腐《とうふ》の味噌汁……。

お葉は味噌汁に口をつけ、頰を弛めた。

「ああ、なんて美味しいんだろ！　中食《ちゆうじき》を食べてけっていう米倉の誘いを断り、帰って来て良かったよ。だって、そんな勝手な真似をしたんじゃ、あたしまでがおはまから大目玉を食っちまうからさ！」

おはまが、まっ、とお葉を睨《にら》みつける。

「ひょっくら返さないで下さいよ！　女将さんはこうしてちゃんと帰って来なさったが、佐之助はどこに行くとも告げずに出て行っちまったんですからね。あいつったら、此の中、何が気に食わないのか、仏頂面《ぶつちようづら》しちゃってさ……。不貞《ふて》るのは構わないとしても、ご飯時に食べてくれなきゃ、区切《けじめ》がつかないじゃないか……」

「まあ、そう言ってやるもんじゃないよ。佐之助も町小使の仕事が出来なくて、気を苛ってるんだろうからさ」

「そりゃ解ってますよ。けど、気を苛つにしても、ほどほどにしてもらいたいもんだよ！」

おはまが憎体《にくてい》に言う。

「おはまさん、あとで俺が蛤町を覗いてみるからよ。佐之助には握り飯でも作っておいてやればいいさ」

「そうだよ、戸田さまがおっしゃる通りだ。それより、正蔵はどうした？　姿が見えないようだが、昼餉は済ませたんだろうね？」

「ええ。一度帰って来て、昼餉を済ませて、また、書出を配りに出て行きました」

「そうかえ。ああ、そうだ。おてるが良作に話があるそうでさ。近いうちに訪ねて来ると言ってたが、あの娘《こ》のことだから、水口《みずぐち》から来るだろうから、来たら、玄関口に廻るようにと伝えておくれ」

お葉がそう言うと、おはまが興味津々《しんしん》といった顔をする。

「おてるが良作に話って……。じゃ、いよいよ、おてる、米倉に娘として迎えられるのかしら？」

お葉が驚いたように箸を止める。

「おてるが米倉に娘として迎えられるって、えっ、なんで知ってるのさ……」

おはまは仕こなし顔に、くすりと肩を揺らした。

「嫌だ、女将さんだってそう言ってたじゃないですか！　おてるは米倉の内儀《おかみ》さんに気に入られているようだけど、そのうち、養女にってことになればいいねって……」

言われてみれば、確かに、そんなことを言ったようにも思う。が、それはあくまでも願望であり、しかも、まさかこんなに早く養女の話が出るとは思っていなかったのである。

「そりゃ言ったさ。けど、そのとき、おまえ、言ったじゃないか。いくら米倉のお町さんが娘を欲しがっているといっても、おてるのような裏店育《うらだな》ちの娘を米倉が養女に迎えるわけがない、米倉ではおてるをお側として近くに置いておきたいだけで、そのうち、親戚か知己《ちき》の家から養子を貰《もら》うに違いないって……」

「ええ、言いましたよ。それが筋ですからね。けど、心の中では、おてるが養女になればいいなって思ってたんですよ。それで、おてるはいつ来るって？」

「いつとは言っていなかったが、さあて、そのうち来るだろうさ。年が明けて、正式に事を進めるそうだが、その前に、おてる自身が良作の気持を確かめたいんだってさ」

おはまがとほんとした顔をする。

「良作の気持を確かめるって……。えっ、良作がどうにかなるんですか！」

すると、清太郎が聞き捨てならぬとばかりに、身を乗り出してくる。

「良ちゃんがどうしたって？　ねっ、ねっ、おっかさん、良ちゃんがどうしたの？」

お葉は慌てた。

やはり、ここで話を持ち出したのは拙《まず》かった……。

「どうもしないさ。久し振りに姉弟揃《そろ》って話をしたいってことなんだからさ。さっ、清太郎、お飯《まんま》を食っちまいな！　午後から、戸田さまにやっとうの稽古《けいこ》をつけてもらうんだろ？」

お葉はおはまに、後でね、と目まじすると、龍之介に目を戻した。

「今宵《こよい》あたり、千草《ちぐさ》の花を覗いてみちゃくれませんかね。店開きをしてひと月ちょっと経《た》つが、その後、みすずちゃんがどうしているのか、見世はうまく廻っているのか、気になってるもんですからね。鳥目《ちょうもく》（代金）のことは気にしないで下さいね。書出をうちに廻すようにと友七《ともしち》親分に言っておきますから……」

「えっ、親分も一緒にですか？」

「連れがあったほうが行きやすいだろうと思ってね。これは、親分と戸田さまへのあたしからの歳暮……。何か品物をとも思ったんだけど、それより、千草の花で美味しいものを上がってもらったほうがいいかと思ってさ」

「歳暮だなんて……」

龍之介が恐縮したように、月代《さかやき》に手をやる。

「まっ、ようございましたね、戸田さま！」

おはまが愛想口《あいそぐち》を叩《たた》くと、

「あっ、いいんだ！　おいらも行きてェ……」

と清太郎が尻馬《しりうま》に乗ってくる。

「清太郎はおっかさんと留守番だ。その代わり、おはまおばちゃんにうんと美味しい夕餉を作ってもらおうよ！」

お葉が茶目っ気たっぷりに肩を竦め、おはまを窺う。

「よっしゃ、委せときな！　清坊、何が食べたい？」

おはまに覗き込まれ、清太郎はすじりもじりと（体を捩《よじ》らせて）首を傾げた。

「うーん。おいらね……、おいらね……、そうだ、牡蠣飯《かきめし》と刺身を食いてェ！」

清太郎は燥《はしや》ぎ声を上げた。

「まっ、なんて子だろ……。まるで、死んだ旦那みたいなことを言ってさ！」

おはまが目を潤《うる》ませる。

そう言えば、甚三郎は牡蠣が好きだった……。

お葉の眼窩《がんか》に、甚三郎の精悍《せいかん》な面差しがつと浮かび上がる。

出居衆《でいしゆ》（自前芸者）だった頃、冬木町《ふゆきちよう》の仕舞た屋で、甚三郎とよく牡蠣の土手鍋をついたっけ……。

お葉は胸に衝《つ》き上げた熱いものを払うようにして、

「そうだよ、清太郎、おばちゃんにうんと美味しい牡蠣飯を作ってもらおうね！」

と言った。

どうやら、龍之介と清太郎が剣術の稽古から戻って来たようである。

お葉は気配を聞きつけるや、帳簿から目を上げ、廊下へと急いだ。

「どうだった？　佐之助は仕舞た屋に帰っていたかえ」

龍之介は、いや、と首を振った。

「うん、誰もいなかったよ」

清太郎も一緒に蛤町まで行ったとみえ、大仰《おおぎよう》に首を振ってみせる。

「あいつの部屋を覗いてみたんだが、部屋の隅《すみ》には蒲団《ふとん》が畳《たた》んだままだったし、どこにも戻った形跡がなくてよ。じゃ、佐之助はあれきりここにも顔を出してねえってこと……。はて、一体、どこに行っちまったんだろう」

龍之介が首を傾げる。

「もう七ツ（午後四時）を過ぎたからね。中食を食べないままだとすれば、お腹を空《す》かせてるんじゃないかと思ってさ」

お葉は茶の間に戻ると、茶の仕度を始めた。

「心配には及びません。佐之助は大人ですからね。金を持っていないわけでもなし、腹が減れば、そこら辺りの蕎麦屋《そばや》にでも入っていますよ」

「そうだといいんだけどね……」

お葉が肩息を吐《つ》き、龍之介に茶を勧める。

「あっそうそう、小僧の権太《ごんた》に千草の花まで遣《つか》いに走らせたんだよ。親分と戸田さまが七ツ半（午後五時）に行くんで、席を用意しておけって……。やっぱり、親分の手を煩《わずら》わせちゃ悪いからね。親分や戸田さまは黙って坐《すわ》ってればいいようにと、料理はお委せにしたよ。もちろん、書出はうちに廻すようにと、文哉《ふみや》さんに伝えてありますからね。だから、おまえさんたちは安心して愉《たの》しんで来て下さいな」

「済まないな。日頃、世話になっているのは俺のほうなのに、このうえ、馳走《ちそう》になるとは……」

龍之介が気を兼ねたように言う。

「てんごうを！　戸田さまには代書の仕事をしてもらっているのに、うちは大した手間賃を払っていないんだ。それで、蛤町の仕舞た屋を提供してるんだけど、清太郎に剣術の稽古までつけてもらってるんだから、それじゃ足りやしない……。戸田さまは朝餉と中食を食べさせてもらっているとお言いだが、うちはごらんのとおりの大所帯ですからね。戸田さまの口が一つ増えたくらい歯牙《しが》にもかけちゃいませんよ。それに、父親《てておや》のいない清太郎には、戸田さまと膳を囲むのが何よりの愉しみなんですよ。あたしは清太郎が機嫌よくしていてくれることが、嬉しくて堪らないんだ！　そう思うと、どんなに感謝しても、まだ足りないくらいでさ……。だから、千草の花で馳走するくらい、お安いご用！　本当は、あたしも一緒に行ければいいんだろうが、正蔵や町小使が忙しくしている手前、そうもいかなくてね。ごめんよ」

お葉が申し訳なさそうに頭を下げる。

と、そこに、廊下から声がかかった。

「おっ、いるかえ？　お葉さんが俺を呼んでると聞いたもんだからよ……」

友七の声である。

お葉と龍之介は顔を見合わせ、ほぼ同時に声を上げた。

「どうぞ！」

「お待ちしてましたよ!」

障子《しようじ》がするりと開いて、友七が入って来る。

友七はそのまま長火鉢の傍まで寄ると、どかりと胡座《あぐら》をかいた。

「おう、お葉さんよ、本当にいいのかよ? さっき家《けえ》に帰ったら、嬶《かかあ》の奴が日々堂から遣いが来たというじゃねえか……。おめえ、千草の花で俺に馳走してェんだって? 俺《おり》ャ、おめえからそんなこたァ聞いちゃいなかったんで、熊井町《くまいちよう》に行く前《めえ》に、おめえに確かめたほうがいいかと思ってよ……」

お葉がくすりと笑う。

「驚かせて済まなかったね。いえね、突然、思いついたもんでね。あたしも千草の花がその後どうなったか気になっていたし、得意先への歳暮の仕度をしていたら、親分と戸田さまには歳暮より馳走するほうがいいのじゃないかと思いついてさ! あたしも一緒に行けるといいんだろうが、店衆への手前、そうもいかなくってさ……。それで、二人にうんと馳走するようにと文哉さんに言付《ことづ》けておいたんで、申し訳ないが、今宵は二人で差しつ差されつ、大いに愉しんで来て下さいな」

「なんだって! おめえは行かねえのかよ……。けど、まっ、この糞《くそ》忙しい最中《さなか》、店衆の尻を叩いておいて、主人《あるじ》のおめえだけが遊び歩くわけにもいかねえだろうからよ……。それが当然って顔をして、店衆だけに働かせる見世もあることはあるが、そうして、あっちにもこっちにも気を遣うところが、おめえのいいところでよ。おう、解ったぜ！　馳走《ごち》になろうじゃねえか。どうせ、おめえの腹には、俺たちを悦ばせるだけじゃなく、そうして銭《ぜに》を使うことで、文哉を悦ばせようって気持もあるんだろうからさ」

友七にかかったら、なんでもお見通しである。

「親分、そろそろ出掛けたほうが……。千草の花には、七ツ半に行くと伝えてあるんでね」

「おっ、そうけえ。今からぶらぶらと歩いて行けば、七ツ半には熊井町に着くだろうからよ。どれ、戸田さま、行くとすっか！」

友七が立ち上がる。

お葉は清太郎を連れ、表まで出て二人を見送った。

もうすっかり陽が沈み、四囲《しい》は薄衣《うすぎぬ》に包まれたかのように姿を濁《にご》している。

が、それでも、見渡す限り、どの見世にも煌々《こうこう》と灯《ひ》が点《とも》り、行き交《か》う人波が途絶えない。

まさに、年の瀬……。

「さっ、清太郎、中に入ろうか」

お葉は清太郎の肩を抱え込むようにして、日々堂の中に入って行った。

友七と龍之介は肩を並べ、八幡橋《やわたばし》に向けて歩いて行った。

「おっ、そう言ャ、一刻《いっとき》（二時間）ほど前《めえ》に、佐之助を見かけたがよ。あいつ、印《しるし》半纏《ばんてん》も着ていなかったし、挟み箱も持っていなかったんで町小使に出たんじゃねえんだろうが、脚はもういいのかよ?」

八幡橋を渡ったところで、友七が思い出したように言い、提灯《ちょうちん》をひょいと目の高さに翳《かざ》して見せた。

龍之介の胸がきやりと揺れる。

「佐之助を見たって……。親分、どこであいつを見たって?」

龍之介の剣幕に、友七が驚いたといった顔をする。

「高橋《たかばし》の欄干《らんかん》から小名木川を見下ろしていたんだがよ。横顔しか見えなかったが、違《ち》げエねえ、ありゃ、佐之助だったぜ」

「高橋……。で、佐之助は一人で?」

「ああ、一人だった。誰かを待ってたんだろうか……。それにしても、現在《いま》、日々堂は猫の手も借りてェほどの忙しさだろ?　皆があくせく立ち働いてるというのに、佐之助だけが悠々自適《ゆうゆうじてき》でもねえだろうに！　若ェ衆《わけしゅう》に好き勝手をさせるとは、へっ、正蔵も焼廻《やきまわ》っちまったもんだぜ！」

　友七が苦々《にがにが》しそうに言う。

「いや、親分、違うんだ。宰領は佐之助に好き勝手をさせているわけじゃねえんだ。実は……」

　龍之介は佐之助が仕分け作業の途中、雇人から誤りを指摘され、それが面白くなかったのかぷいと出て行ったきり、行方《ゆくえ》が判らなくなったのだと話した。

「なんて奴でェ！　そんなことくれェで旋毛《つむじ》を曲げるなんてよ。佐之助って野郎は、そんなに穴《けつ》の穴《あな》の小せェ男かよ！」

　友七が忌々《いまいま》しそうに言う。

「佐之助はそれでなくても町小使から離れたことで悶々《もんもん》としているというのに、雇人に誤りを指摘され、矜持《きょうじ》が疵《きず》ついたのでしょうよ。駿足なのが自慢でしたからね。これまで、他の町小使からも尊敬の目で見られていた……。その男が雇人の小僧に、しかも、誰からも鈍臭いと言われている男に指摘されたのですからね。居たたまれない想いに陥《おちい》った気持は解ります」

「どうしてェ、えれェこと、奴に肩入れするじゃねえか」

「いや、別に、肩入れをしているわけではないんだが……」

龍之介はそこで言葉を切ると、あっ、と友七を見た。

「親分、佐之助は高橋にいたと言いましたよね？」

「ああ、言ったが、それがどうしてェ」

「高橋の手前は、海辺大工町……。便利堂は目と鼻の先ですよ！」

あっ、と友七の顔も強張《こわば》った。

あの日、佐之助は便利堂の男衆から寄って集って殴るの蹴《け》るのと暴行を受け、血みどろになって高橋の欄干の下で蹲《うずくま》っていたのである。

「まさか、佐之助の奴、意趣返しでもしようと……」

龍之介がそう言うと、友七も眉根を寄せた。

が、いやっと首を振ると、苦渋《くじゅう》に満ちた顔をする。

「たった一人で乗り込めば、どんな目に遭《あ》うかくれェあいつが一番よく知っている……。ようやく脚が治りかけてきたというのに、同じ轍《てつ》を踏むような莫迦はしねえだろうさ。だいたい、便利堂の主人《あるじ》は日々堂に詫《わ》びを入れたんだしよ」

「では、何ゆえ、高橋にいたのでしょう」

「さあて……。案外、てめえの猿知恵で取り返しのつかねえことになったと、もう一《いっ》遍《へん》、あの場所に立って反省したかったのかもしれねえしよ。おっ、いけねえ……。少し急ごうか！　この分じゃ、七ツ半を過ぎちまわァ」

友七が速度を上げる。

御船橋《みふねばし》を渡れば富吉町《とみよしちょう》で、その先が熊井町……。

そろそろ、七ツ半である。


「今宵はなんていい日なんだえ！　親分と戸田さまがこうして一緒に来て下さったんだもの……。お二人がお見えになると日々堂から遣いを貰って、あたしったら舞い上がっちまってさ！　板さんも腕に縒《よ》りをかけて美味しいものをお出しすると張り切っていますからね。ささっ、おひとつどうぞ！」

文哉が友七の盃《さかずき》に酒を注ぐ。

「お葉さんも一緒に来られるとよかったんだろうが、そうもいかなくってよ……」

「解ってますよ、そんなこと。さっ、戸田さまにも酌《しゃく》をさせてもらいましょうかね」

文哉が艶冶《えんや》な笑みを浮かべ、龍之介に酌をする。

「客の入りも上々のようで、安堵いたしました」

龍之介の鯱《しやちこ》張《ば》った言い方に、文哉がぷっと噴き出す。

「嫌ですよ、そんな裃《かみしも》を着たみたいな言い方をして！　ええ、お陰さまで、客足が途絶えることなくて助かっていますよ」

「店開きしたのが鞴祭《ふいごまつり》（十一月八日）だったんで、すると、ひと月とちょっとか……。開店早々は物珍しさに客が来るが、ひと月もすれば、潮《しお》が引くみてェに客足が絶えるのが相場だがよ。この分なら、安心だ」

友七が店内をぐるりと見廻す。

土間の長飯台《ながはんだい》も小上がりも、ほぼ満席である。

友七たちの席は、見世の右側に並ぶ小上がりの、一番奥の席であった。

衝立《ついたて》で仕切られた小上がりの中でも、ここが一番ゆったりとしていて、六人はゆうに坐れそうである。

板場にも近く、いわば一等席といってもよいが、文哉は日々堂からの予約ということで、この席を確保してくれていたのであろう。

小女《こおんな》のおはんが八寸《はつすん》を運んで来る。

おはんの後に控《ひか》える女《おな》ごは初顔のようだが、では、この女ごが日々堂が後から斡旋《あつせん》した小女なのであろうか……。

「お二人とも、おはんはもう知ってますよね？　それで、この娘《こ》がお順《じゅん》……。お順、友七親分と戸田さまに挨拶をなさい」

文哉に言われ、お順は、おいでなさいませ、と頭を下げた。
十八、九であろうか、丸顔で、素朴《そぼく》な顔をしている。
「ほう、これは……」

龍之介が八寸に目を瞠《みは》った。

「なんと、見事なもんじゃねえか！」

友七も目をまじくじさせた。

それもそのはず、八寸は焼き杉の板に盛られていて、柚子《ゆず》釜蟹《がまかに》菊花《きっか》和《あ》え、鯖《さば》寿司、車海老《くるまえび》、菊花蕪《きっかかぶ》、銀杏《ぎんなん》、紅葉人参《もみじにんじん》が彩《いろど》りよく配されていた。

どうやら、今宵はお委せということで、これは板頭《いたがしら》が二人のために特別に作ったものとみえる。

「さすがは、浅草の宵山《よいやま》にいたというだけのことはあって、なかなか粋《いき》じゃねえか……。女将、なんて男なんだえ？」

「克二《かつじ》というんですよ。あとで挨拶に来させますが、この後、刺身、焼物、煮物、椀《わん》物《もの》、酢物《すのもの》と続き、最後が鯛茶漬《たいちやづけ》となっていましてね……」

「おいおい、そんなに食えるかよ」

「あら、大丈夫ですよ。どれも量はほんのひと口程度なので、親分には足りないかもしれませんわ。足りないようなら、麺類《めんるい》を用意しますんで、遠慮なく言って下さいね」

「なんでェ、俺のことを大食漢《たいしよくかん》呼ばわりしやがって！　俺ほど上品な胃袋をしている男はいねえんだからよ。まっ、四の五の言ってても始まらねえや……。おっ、食おうじゃねえか！」

友七が箸を取り、龍之介も倣《なら》った。

文哉が言うように、八寸はどれもひと口で食べてしまう量だが、素材の持つ味を活かした上品な風味合《ふうみあい》で、友七には物足りなく思えたかもしれない。

が、次に出された紅葉鯛の昆布締《こぶじ》め、鰤《ぶり》の照焼《てりやき》、車海老と干し椎茸《しいたけ》、生湯葉《なまゆば》の煮物がしっかりとした味で、その後に酢牡蠣と続き、献立としてはよく考えてあった。

酢牡蠣を食べ終えた友七が、満足そうに龍之介を見る。

「日々堂の甚さんがこいつに目がなくてよ……。冬場になると、三日に上げず魚屋に牡蠣を届けさせたもんよ。あいつの食い方は豪快でよ。こんな柔《やわ》な食い方じゃねえんだ。殻《から》の隙間《すきま》に小刀を差し込み、巧《うめ》ェ具合に開けるのよ。しかも、醤油も酢も要《い》りやしねえ。牡蠣の持つ、潮の香りを愉しむってな按配《あんばい》でよ。ありゃ、心《しん》から、好きだったんだな……」

そう言い、甚三郎を偲《しの》ぶかのように目を細めた。

「そう言えば、清太郎がおはまさんに、今宵の夕餉に牡蠣飯を所望《しよもう》していましたよ」

「ほう、蛙《かえる》の子は蛙ってことかよ。そう言ャ、喜久治《きくじ》は牡蠣が苦手でよ。ところが、甚さんと理《わり》ない仲となってからは、牡蠣が食えねえとは言えねえ……」

「えっ、お葉さん、牡蠣が嫌いなんですか！　けど、食べていますよ。現に、今日だって、牡蠣飯と聞いて、嬉しそうな顔をしていましたからね」

龍之介が信じられないといった顔をする。

「亭主の好きな赤烏帽子《あかえぼし》といってよ。甚三郎に惚《ほ》れて惚れて、惚れ抜いた喜久治が、牡蠣を好きになろうと努力をしたのよ。あいつ、言ってたぜ……。親分、あっちの牡蠣嫌いはただの食わず嫌いだったよ、見た目でものは計れないもんだね、さっぱりとしているようにみえて、あの豊潤《ほうじゆん》な味！　甚さんが病《や》みつきになった気持がよく解るよって、けろりとした顔をして言うんだからよ」

「へえェ、そうだったんですか……」

龍之介が複雑な顔をする。

甚三郎と辰巳《たつみ》芸者の喜久治（お葉）は、人も羨むほどの相思の仲だったと聞いていたが、まさか、ここまでお葉が甚三郎に惚れ抜いていたとは……。

「おっ、どうしてェ、その顔は！　さては、戸田さま、甚さんに肝精《きもせい》を焼いてる（嫉《しっ》妬《と》している）な？　無理、無理！　戸田さまもいい男だが、どんなに逆立ちしたって、甚さんには敵《かな》わねえ！　何しろ、甚三郎って男は、男の俺が惚れるような男だからよ。お葉には他の男は目に入《へえ》らねえ……。仮に入ったとしても、どうしても死んだ亭主と比べちまうからよ。まっ、諦《あきら》めるこった！」

友七のひょうらかし（からかい）に、龍之介の頰に紅葉が散った。

「親分、止《よ》して下さいよ！」

「ほれ、そのムキになるところが、尚《なお》、怪《あや》しい……」

「親分！」

そこに、最後の鯛茶漬と香《こう》の物が運ばれて来た。

文哉もやって来る。

「どうでした？　満足してもらえましたかしら」

「ああ、満足も満足、大満足よ。見た目の良さもさることながら、風味合が堪えられねえや」

「親分にそう言っていただけて、克二も本望《ほんもう》でしょうよ。克二、さあ、挨拶を……」

板場から、片襷《かただすき》に鉢巻《はちまき》といった形《なり》をした、板頭の克二が出て来る。

克二は鉢巻を取ると、克二にごぜえやす、と頭を下げた。

「おめえ、浅草の宵山にいたんだってな？　この前来《めえ》たときにも思ったんだが、さすがよのっ……。味もさることながら、器《うつわ》や盛りつけへの気配りが大《てえ》したもんだぜ！宵山は八百善《やおぜん》より格下といわれるが、俺に言わせりゃ、気《き》の利いた料理を出すという点では、宵山が上よ。そこで修業した男が深川に来てくれたんだもんな……。深川には平清《ひらせい》や山古《さんこ》といった名だたる料理屋が軒《のき》を連《つら》ねているが、今に、深川に千草の花ありと世間に言わせるように、我勢するんだな。おっ、文哉、心強《づえ》ェ男が来てくれて良かったな！」

克二は照れたように俯いた。

この控えめなところが、また、実に爽《さわ》やかである。

「克二、美味かったぜ！」

龍之介も声をかける。

克二は恐縮し、深々と辞儀をして下がって行った。

そうして、鯛茶漬を食べ終えた頃である。

文哉がみすずを連れて来た。

みすずはお仕着《しき》せの井桁絣《いげたがすり》に渋柿色《しぶがきいろ》の帯を締め、暖簾と同色の茜色地《あかねいろじ》に千草の花と白抜きされた前垂《まえだ》れをつけていた。

そのせいか、歳よりも大人びて見える。

「おっ、みすずか！」

みすずは恥ずかしそうに微笑み、頭を下げた。

「おいでなさいまし」

「元気にしてたか？　どうでェ、少しは下働きの仕事に慣れたか？」

「はい」

文哉が割って入ってくる。

「この娘《こ》に来てもらって、本当に助かってるんですよ。永いこと病のおっかさんの世話をしてきただけのことはあって、よく気がつくし、我勢者でね。見世の仕事だけでなく、あたしの身の回りの世話までしてくれるんだから、現在《いま》じゃ、みすずがいないと夜も日も明けないって始末でさ。すっかり、頼りきっちまってるんですよ」

文哉が嬉しそうに目を細める。

「何が心強いって、あたし、家族には縁の薄い女ごだったでしょう？　みすずと一緒に暮らすようになって初めて、ああ、家族ってこんなにもいいものだったのかって、そう思ってるんですよ」

「そいつァ、良かった！　いっその腐《くさ》れ、みすずを養女にしちまったらどうだえ？」

友七はひょうらかしのつもりで言ったのであろうが、文哉はふと真剣な面差しをした。

「そうだわ！　本当に、そうしちゃおうかしら……」

「おいおい、冗談を真《ま》に受けてどうするかよ！」

「冗談やてんごうで言ってるんじゃなくて、あたし、本気で考えてみますよ」

なんともはや、ここでも、文哉がみすずを養女にとは……。

それだけこの世には、寂しい想いを抱えて暮らす者が多いということなのだろう。

一人より二人、二人より三人と、疵ついた者同士が寄り添い、支え合って生きていくのも、それもまた、人の世の有りよう……。

お順がお茶のお代わりを運んで来る。

「おや、邪魔しちまったね。では、甘味《かんみ》をお持ちしますんで、ごゆっくり……」

文哉がみすずを連れて下がって行く。

その後ろ姿は、母娘《おやこ》そのものであった。

その夜、佐之助はとうとう蛤町に戻って来なかった。

千草の花を出た龍之介は八幡橋で友七と別れ、蛤町に帰る前に報告かたがた日々堂を訪ねたのであるが、お葉が言うには、佐之助は夕餉膳にも姿を現さなかったそうである。

それで、深夜になって戻って来るのかと思い、龍之介は夜が更《ふ》けてからも行灯《あんどん》の下《もと》で読書をしていたのであるが、八ツ（午前二時）頃であろうか、突然睡魔に襲われ、ついに寝床に入った。

ハッと目が醒《さ》めたのは、明け六ツ（午前六時）である。

階下で番頭格の友造や六助が身支度をしながら何やら話しているのを聞きつけ、慌てて下りて行くと、与一《よいち》が気を兼ねたように会釈した。

「済んません。起こしてしめえやしたか」

「いや、それは構わないのだが、佐之助は帰って来てるか？」

佐之助と同室の友造が、いやっと首を振った。

「あいつ、一体、どこに行ったのだろうか……」

龍之介がそう言うと、町小使たちは一斉《いっせい》に、さあ……、と首を傾げた。

「けど、佐之助さんがいたって、現在《いま》の状態じゃ町小使が出来ねえんだから、いてもいなくても同じじゃねえか」

与一がそう言うと、六助がカッと目を剝《む》いた。

「てめえ、この野郎！　俺たちゃ仲間だ。町小使が出来るとか出来ねえって話じゃねえだろうが！」

六助は佐之助が怪我をしたのは自分のせいだと思っているようで、懸命に庇《かば》おうとした。

友造が慌てて間に入る。

「おめえら、止《や》めな！　朝っぱらから遣《や》り合ってどうするかよ。六助の言うとおりだ。俺たちは何があろうと仲間なんだからよ。与一も与一だぜ！　佐之さんが怪我をしたときには、日々堂の看板を背負って闘ってくれた、あの男気《おとこぎ》には惚れちまった、と言ってたじゃねえか……。佐之さんは現在《いま》だって日々堂のために働きたくてしょうがねえんだ！　それが出来ねえから、佐之さんは苛ついてるんだからよ……。俺たちに出来ることといったら、黙って、そんな佐之さんを見守ってやるくれェなもんでよ。間違っても、いてもいなくてもなんてことを言うんじゃねえぜ！」

「へい」

与一は潮垂《しおた》れた。

「さあ、出掛けようぜ！　朝餉を済ませたら、今日も忙しい一日が始まるんだからよ。皆、気を引き締めていこうぜ」

友造がポンと手を打ち、男衆が仕舞た屋を後にする。

龍之介も顔を洗うと、日々堂へと出掛けて行った。


「やっぱり、佐之助、帰って来なかったんだね」

朝餉膳を囲みながら、お葉が気遣わしそうに言う。

「ええ……。けど、いくらなんでも、今日は戻って来るでしょう。正蔵さん、佐之助が行きそうなところに心当たりはありませんか？」

龍之介が訊ねると、味噌汁を啜《すす》っていた正蔵が、いやっと首を振る。

「旦那から聞いた話じゃ、佐之助は上野安中《こうずけあんなか》の出というが、江戸に出てからは風来坊《ふうらいぼう》も同然でよ。旦那が佐之助と出逢ったのが浅草寺と聞いてるからよ。佐之助が置き引きに遭《あ》った婆《ばあ》さんに代わって、風を切るがごとく盗人《ぬすっと》を追いかけて行ったんだとよ。旦那はたまたまその場に出会《でくわ》し、すっかり、佐之助の駿足に惚れ込んでしまったのよ。それで、根無し草のような暮らしをしているよりは、町小使として、その脚を活かしてみねえかと口説《くど》いたというからよ……。俺が知ってるのはそれくれェだが、確か、江戸には身寄りはいねえはずだぜ」

「まさか、安中に帰ったんじゃあるまいね」

龍之介の茶椀に飯をよそいながら、おはまが独《ひと》り言のように呟く。

「まさか……。帰《けえ》ったところで、佐之助が何をするってェのよ。田舎《いなか》が嫌で江戸に飛び出し、旦那に出逢うまではごろん坊と連《つる》んで悪さをしていたような男だぜ？」

正蔵が訳知《わけし》り顔に言うと、おはまが太息を吐く。

「安中の線は考えられないね。とすれば、昔のごろん坊仲間を頼って行ったか……」

「おはま、お止《よ》しよ！　まだ、佐之助がここを出て行ったと決まったわけじゃないんだからさ。佐之助はさして金を持っちゃいないだろうから、おそらく、手持ちの細金《こまがね》を使い果たしたら戻って来るさ」

お葉がわざと木で鼻を括ったような言い方をする。

が、胸の内で、一旦飛び出した手前、佐之助は帰りたくても帰れないのではなかろうかという想いが頭を擡《もた》げ、危惧の念に押し潰《つぶ》されそうになっていたのである。

佐之助は負けず嫌いで鼻っ柱《ぱしら》が強いだけに、なおさら、振り上げた拳《こぶし》が収めにくいのではなかろうか。

だが、佐之助は甚三郎が見込んだ男……。

なんとしてでも、元の鞘《さや》に収めてやらなければ……。

そうして、朝餉を済ませ、皆が各々《おのおの》の仕事へと散って行ったときである。

厨で朝餉の後片づけをしていたおちょうが、おてるが来たと知らせに来た。

案《あん》の定《じょう》、おてるは水口に顔を出したのである。

「おてるちゃんは一人で？　そうかえ。じゃ、玄関口に廻るようにと伝えておくれ」

そう言うと、お葉は仕分け室にいた良作に茶の間に来るようにと伝えると、おてるを迎えに玄関口へと廻った。

今日のおてるの装いは、黒襟《くろえり》をかけた黄八丈《きはちじょう》の小袖《こそで》といった町娘の恰好《かっこう》である。

おそらく、皆が忙しく立ち働いている日々堂に顔を出すのに、さすがに振袖やびらびら簪でもないと思ったようで、今日は手絡《てがら》の横に地味な銀の打ち出し簪を挿《さ》している。

「よく来たね」

「年の瀬が迫るとますます忙しくなるから、今日のうちに行って来いとおっかさんが言うもんだから……」

おやっと、お葉は思った。

おてるの口から、おっかさん、という言葉がなんら違和感もなく出ているではないか……。

「おてるちゃん、お町さんのことをおっかさんと呼ぶようになったんだね」

お葉がそう言うと、おてるは照れたように微笑んだ。

「昨日、女将さんが帰られてから、おっかさんと一緒に練習したの。内儀《おかみ》さんと言ったら罰金だよって……。けど、あたし、前からおっかさんて呼びたかったんで、一度も罰金を払うことなく、おっかさん、おっかさんって、何度も呼んじゃった……」

「そう、それはお町さんも悦ばれたことだろうね。あっ、良作……。さあ、お入り」

まさかおてるが来ているとは知らなかった良作は、狐《きつね》につつまれたような顔をした。

「姉ちゃん、来てたんだ……」

「盆に品川宿に行って以来だね。あれっ、良作、少し背が伸びたんじゃない？」

良作は照れ臭そうにおてるの傍に寄ると、すとんと腰を下ろした。

伊勢縞《いせじま》に黒地の胸当てのついた前垂れをつけ、此の中、良作は小僧姿がすっかり板についてきた。

「姉ちゃん、今日は何しに来たの？」

おてるに代わって、お葉が答える。

「良作に逢いに来たのに決まってるだろうに……。良作、おてるちゃんね、良作に大切な話があるんだって！　女将さんは席を外《はず》したほうがいいかと思ったんだけど、やっぱり、ここにいることにするが、おてるちゃん、いいかえ？」

おてるは、はい、と頷いた。

お葉は茶の仕度をすると、仏壇から饅頭《まんじゆう》の箱を下ろし、薄皮《うすかわ》饅頭を小皿に取り分け、良作とおてるの前に置いた。

良作が上目にお葉を窺う。

「食べていいんだよ。食べながら、おてるちゃんの話を聞くといいよ」

良作は実に嬉しそうな顔をして、さっと饅頭に手を出した。

形《なり》こそいっぱしに小僧だが、こんなところは十歳の子供そのものである。

「良作、日々堂の仕事は好き？」

おてるが良作の目を瞠める。

「うん、好きだよ」

「他の子たちとも仲良くなれた？」

「うん、なれたよ。昇ちゃんも市ちゃんも権ちゃんも、皆、おいらのことを弟みてェだと可愛がってくれるんだ！　それにね、この間から、友造さんがおいらたち小僧に手習や算盤《そろばん》を教えてくれてるんだ。町小使になるためには、字が読めなくちゃなんねえって……。おいら、平仮名だけじゃなく、漢字も少し覚えたよ！　友造さんがね、良作は覚えが早《はえ》ェって言ってくれたんだ！　おいら、友造さんみてェに頭が良くて、佐之助さんみてェな脚の速《はえ》ェ、町小使になるんだ！」

良作が目を輝かせる。

「そう……。じゃ、姉ちゃんと一緒に葉茶屋問屋の米倉に行こうって誘っても駄目かな？」

良作は意味が解らないとみえ、とほんとした。

無理もない。

目を輝かせて、将来は友造や佐之助に負けない町小使になると言った矢先、米倉に行かないかと言われたのであるから……。

おてるは困《こう》じ果てたように、お葉を見た。

「おてるちゃん、いきなりそんなことを言っても、良作には解らないじゃないか。もっと、筋立てて話してやらなきゃ……」

極力、口を挟むのは止《よ》そうと思っていたお葉だが、堪りかねたように割って入る。

おてるはしばし考え、良作の目をじっと瞠めた。

「良作、姉ちゃんね、米倉の娘になるかもしれないんだよ。米倉にはお冴ちゃんて一人娘がいたんだけど、三歳のときに川に落ちて死んじまってね。内儀《おかみ》さんはお冴ちゃんをそれはそれは可愛がっていたもんだから、すっかり気落ちしちまってね……。片時もお冴ちゃんのことが頭を離れないものだから、その想いを払おうと、形振り構わず茶揉み作業に没頭してたんだって……。けど、お冴ちゃんが水死したのが、あと数日で七五三ってときだったもんだから、内儀さんね、七五三になると、宮詣《みやまい》りを愉しみにしていたお冴ちゃんが戻って来てくれるのじゃなかろうかと、千歳飴《ちとせあめ》を手に、一日中、富岡八幡宮の鳥居の前に佇《たたず》むようになったんだって……。内儀さんの胸の内を知っている旦那さんには、それを止めさせることが出来なかったそうでさ。それで、あたしがお側として身の回りの世話をすれば、内儀さんの気持がいくらか安まるのじゃなかろうかってことになり、あたしが米倉に行くことになったんだけど、内儀さんね、あたしのことを亡くなったお冴ちゃんが姿を変えて戻って来てくれたのだと思ってるみたいでね……。良作、ここまでは解るよね？」

「うん」

「お冴ちゃんは姉ちゃんより二歳も年下なんだよ。現在《いま》、生きていたとしても、十歳……。だから、お冴ちゃんが姉ちゃんに姿を変えたなんておかしいよね？　けど、内儀さんにはそんなことはどうでもいいの。あたしはおとっつァんやおっかさん、弟を亡くし、たった一人残った良作とは離れ離れだろ？　内儀さんは大切な一人娘を亡くし、その娘が忘れられなくて辛《つら》い毎日を送っていたんだもの……。寂しい者同士が寄り添い、支え合っていきたいと思っていなさるんだよ。それで、あたしをお側ではなく、正式に養女として迎えたいと言って下さってるんだ……。良作、姉ちゃんが言ってることが解るよね？」

「うん。けど、姉ちゃんが米倉の娘になったら、おいらはどうなるの？」

「…………」

おてるはつと膝《ひざ》に視線を落としたが、再び顔を上げると、良作に目を据えた。

「姉ちゃん、おまえのことが心配でならないんだよ。これまでは、姉ちゃんが米倉に、良作が日々堂にと離れて暮らしていても、それは奉公をするということで仕方がないことと思ってたんだけど、姉ちゃんが使用人でなく米倉の娘になったら、良作だけが使用人ってことになるだろう？　たった二人生き残った姉弟なのに、あたしだけがいい目を見てもいいんだろうかと思ってさ……」

「だったら、おいらも米倉の子になってもいいよ！」

おてるは救いを求めるような目でお葉を見たが、きっと良作に目を戻した。

「それが駄目なんだよ。米倉では娘は欲しいけど、息子は要らないんだって……。けど、奉公人として、良作を引き取ることは出来るそうでさ。米倉で懸命に働いて、おまえに才覚があれば、先々、暖簾分けを考えてやってもいいと、米倉ではそう言って下さってるんだよ」

「暖簾分けって？」

「良作が大人になって、そうだね、小僧から手代になり番頭になって、良作に見世を仕切る能力が備わっていると見定めたら、葉茶屋の見世を持たせてくれるってことなんだよ」

「おいらが葉茶屋の見世を持つの？　嫌だよ、そんなの！　おいら、町小使になるんだ！　だって、町小使のほうが恰好いいもん！」

「…………」

「…………」

おてるとお葉は顔を見合わせた。

やはり、十歳の子に解れというのが無理だったのである。

「じゃ、良作、姉ちゃんと離れ離れになってもいいんだね？」

「うん、いいよ。だって、今までだって、おいらは日々堂で、姉ちゃんは米倉だったんだもん！」

「でも、これからは、姉ちゃんは米倉の娘になるんだよ。それでもいいんだね？」

「おいらの姉ちゃんじゃなくなるの？」

「そうじゃない！　あたしが米倉の娘になっても、良作の姉ちゃんに変わりないさ」

「だったら、いいよ。おいら、ここにいる」

「良作ったら……」

おてるの目に涙が盛り上がる。

「なんで、あたしと一緒に来てくれないのさ……。姉ちゃんの傍にいたら、何かと気を配ってやれるのに……。これじゃ、あたしが弟を捨てて自分だけ幸せになろうとしていると思われても仕方がないじゃないか……。良作、いいよ。あたし、養女の話は断る。事情を話し、これまでどおり、お側として米倉に置いてもらうように頼むから……」

おてるが顔に手を当て、泣きじゃくる。

お葉は極力口を挟まないつもりだったが、居ても立ってもいられず割って入る。

「おてるちゃん、自分の気持を包み隠さずに話さなきゃ駄目だよ！　そうするって約束したじゃないか。おまえはそうやって、いつも家族の犠牲になろうとする……。今まではそれでよかったかもしれないが、今回ばかりは、おてるちゃんが犠牲になったところで悦ぶ者は誰もいないんだよ。むしろ、お町さんを失望させて哀《かな》しませるくらいなことでさ。それに、おまえ、言ってたじゃないか！　自分は母親の愛に飢《う》えていたから、内儀《おかみ》さんをおっかさんと呼べて、こんなに嬉しいことはないって……。あれは万八《まんぱち》（嘘《うそ》）だったのかえ？　そうじゃないだろう。もっと、自分の気持に正直になりなよ！　良作が使用人なのに、自分だけが幸せになろうとしてるだって？　思い上がるのも大概《たいがい》にしな！　良作はね、てめえの力で道を切り開こうとしてるんだ。この子の夢は、頭が切れて、誰よりも速く走れる町小使になることなんだ。町小使のどこが悪い！　おまえが弟のことを本気で案じてやるのなら、一日でも早く一人前の町小使になれるように祈ってやることだね」

お葉の剣幕に、おてるが激しく肩を顫《ふる》わせる。

「姉ちゃん、泣くなよ……」

良作がおてるの顔を覗き込む。

「また逢えるから……。おいら、姉ちゃんに逢いたくなったら、入船町を訪ねるよ。ちゃんと女将さんや友造さんに断って訪ねるから、ねっ、女将さん、それならいいよね？」

「ああ、いいともさ。ほれ、おてる、良作のほうがずっと聞き分けがいいじゃないか。さっ、涙を拭《ぬぐ》って、饅頭をお上がり。そうだ、お茶を入れ替えてやろうね」

おてるが紅絹《もみ》で目を拭うと、お葉を見る。

「女将さん、これで決心がつきました。あたし、米倉の養女になります。今までは、あたしだけが幸せになるのは後ろめたい気がしてたけど、そうじゃないんですよね？」

「ああ、後ろめたいことなんてあるもんか！　堂々と胸を張って、米倉の娘になればいいんだよ。良作のことは委せときな！　賢《さと》い子だもの、必ずや、先々、日々堂を背負って立つ、立派な町小使になるさ。いや、このあたしがならせてみせるさ！」

おてるは憑《つ》き物でも落ちたかのような顔をして、米倉に帰って行った。

「やっぱ、養女の話だったんですね。申し訳ありません。あたし、気になったもんだから、障子《しょうじ》の外で盗み聞きをしちまって……」

おてるを見送り茶の間に戻って来ると、おはまが湯呑や小皿を片づけながら、肩を竦めた。

「厨側の障子がほんの少し開いてたから、おまえが聞き耳を立てているのは知ってたよ」

「けど、ようございましたね。女将さんも安堵なさったでしょう？　おてるちゃんを米倉に紹介したときから、いずれ、米倉が養女の話を持ち出すのじゃなかろうか、そうなれば嬉しいんだけどって、女将さん、そう言ってましたものね。けど、おてるって娘《こ》はどこまで家族想いなんだろう……。幸せが目の前に迫っているというのに、自分だけが幸せになるわけにはいかないと悩むんですものね」

「これまで、おてるはあの小さな身体《からだ》で病の父親《てておや》や弟たちを背負ってきたからね。あの娘《こ》、自分だけ幸せになるのが後ろめたいって言ってたけど、そうじゃないんだ、怖いんだよ。今まで、あまりにも幸せという言葉とは程遠《ほどとお》い暮らしをしてきたもんだから、どこかしら信じられない気持もあるんだろうし、不安もある……。それで、幸せを摑《つか》もうと一歩前に出てもいいものだろうかと躊躇《ためら》うんだろうが、躊躇うことはないんだ！　これは、神仏の下さったご褒美《ほうび》……。神仏はおてるにだけでなく、お町さんにもご褒美を下さったんだ。そう思い、有難く受け取らないでどうしようか……」

「けど、あたしは女将さんが、良作のことは委せときな！　賢い子だもの、必ずや、先々、日々堂を背負って立つ、立派な町小使になるさ、いや、このあたしがならせてみせるって言いなさったとき、胸が透《す》くような想いがしましたよ。障子の外で、思わず、手を叩きたくなったほどですからね」

「おはまだって、そう思うだろ？」

「ええ、そう思いますよ。で、おてるはいつ正式に米倉の養女に？」

「お町さんの話では、年明け早々、正式に挨拶に来るそうだよ」

「てことは、女将さんがおてるの親代わりってこと……」

「おてるの双親はもういないんだもの……。それにさ、おてるや良作だけじゃない！　あたしは店衆全員のおっかさんなんだ。良いことも悪いことも、ドンと受けて立とうじゃないか！」

お葉が決意に満ちた顔をして、おはまを見る。

「よっ、女将！　やっぱ、いいねえ……。女将さんのその競肌《きおいはだ》（勇み肌）……。旦那が亡くなって二年半。現在《いま》じゃ、押しも押されもせぬ日々堂の女主人《おんなあるじ》だが、なんだか、此の中、風格まで備わってきたじゃないですか！」

「莫迦だね、おはまは……」

お葉は照れたように笑ってみせた。

佐之助が北森下町《きたもりしたちょう》の居酒屋でどろけん（泥酔《でいすい》状態）になっていると知らせが入ったのは、翌日のことだった。

知らせを聞いたお葉は、取るものも取り敢《あ》えず、正蔵と二人して北森下町へと駆けつけた。

六間堀川《ろっけんぼりがわ》に面した、たぬき、という八文屋《はちもんや》である。

佐之助は板場寄りの長飯台に突っ伏していた。

泥酔して眠っているのかと思ったが、佐之助は突っ伏したまま口の中で何やらぶつくさ呟いては、手でドンドンと飯台を叩いている。

「昼過ぎから、ずっとあの調子なんですよ。いい加減に帰《けえ》ってもらおうと声をかけると、煩《うるせ》ェ、銭ならあるんだ、鳥目を払えば文句はねえだろうが、と、ど、し、め、く（怒鳴る）始末で、もう、おてちん（お手上げ）で……。どうしたものかと困ってたところに、さっき来た客が、こいつは黒江町《くろえちょう》の便り屋日々堂の町小使だと言うもんだから、それで、知らせに走らせやしたんで……」

たぬきの御亭は、苦虫を嚙み潰したような顔をした。

「確かに、うちの店衆です。迷惑をかけて申し訳ありません。これで、お代は足りるかしら?」

お葉が早道《はやみち》（小銭入れ）から小白《こじろ》（一朱銀）を二枚摘《つま》み出す。

「いや、これでは多すぎやす。お客さんは肴《さかな》も取らずに、ひたすら白馬《しろうま》（どぶ酒）を上がっていただけで……。じゃ、一枚《いちめえ》だけ頂きやしょう」

御亭が気を兼ねて小白を一枚返そうとするが、お葉は、迷惑料だ、取っておいておくれ、と言い、四ツ手（駕籠《かご》）を呼んでくれないかと頼んだ。

「へへっ、こいつァどうも……。辻駕籠《つじかご》が北ノ橋《きたのはし》付近で客待ちをしていると思いやすんで、へっ、すぐに呼んで参りやす」

御亭は小白二枚に気をよくして、恵比須顔《えびすがお》で見世を出て行った。

「おっ、佐之助、起きな！」

正蔵が佐之助の肩を揺する。

佐之助は誰でェと顔を上げ、ちらと正蔵を見ると、再び、突っ伏した。

「なんと、こんなになるまで酔っ払っちまってよ……。佐之助、顔を上げな！　女将さんが心配して迎えに来て下さったんだからよ」

正蔵が再び肩を揺すると、佐之助は女将さんという言葉に反応し、慌てて身体を起こした。

「女将さん……。こいつァ、どうも……」

「こいつァ、どうもじゃねえだろうが！　誰にも行き先を告げずに姿を消しちまって、おめえ、この三日、一体《いってえ》どこで何をしてたんでェ！」

「あっちこっちと……、へえ……」

「なんだって！　あっちこっちじゃ解らねえだろうが！」

「正蔵、お止《よ》しよ。ここで問い詰めてもしょうがないじゃないか！　さっ、佐之助、一緒に帰ろうね」

お葉が正蔵を制し、佐之助の目を瞠める。

「帰《けえ》るって、どこへ……。俺ャ、帰《けえ》るところなんてねえんだ……」

「何を莫迦なこと言ってんだい！　日々堂に決まってるじゃないか。おまえの居場所は日々堂……。皆も、おまえが帰って来るのを、首を長くして待ってるんだからさ」

「嘘こけ！　足手纏《あしでまと》いの俺がいなくなって、皆、せいせいしてるんだ」

「佐之助、てんごう言うもんじゃねえ！　誰が足手纏いというのよ。おめえほど頼りになる町小使はいねえんだ。脚さえ元に戻れば、おめえは百人力《ひやくにんりき》だからよ。そんなことは小僧でも知ってらァ！　だからよ、現在《いま》は天がくれた休息の時と思っていいんだ。決して、誰にも気を兼ねるこたァねえんだからよ」

正蔵がそう言ったときである。

たぬきの御亭が、四ツ手を三台手配したと告げに来た。

お葉は改めて御亭に礼を言うと、正蔵と二人して両脇から佐之助を抱え上げ、四ツ手に乗せた。

刻《とき》は七ツを廻っている。

お葉は正蔵に目まじすると、

「今宵はこのまま佐之助を蛤町に帰したほうがいいね。日々堂には明日から出ればいいんだからさ」

と囁《ささや》いた。

「さいですね。じゃ、あっしもお供《とも》しやしょう。こんなどろけん相手に、女将さん一人じゃ持て余すだろうからさ」

そうして、三台の四ツ手は北森下町から南下し、小名木川を渡って蛤町へと急いだ。

途中、日々堂の前で正蔵が四ツ手から降り、おはまを呼んで何やら耳打ちすると、再び、四ツ手に乗り込んだ。

どうやら、仕舞た屋に龍之介を呼ぶようにと伝えたようである。

佐之助は四ツ手に揺られ、いくらか酔いが醒めたようであった。

仕舞た屋に着くと、お葉が茶の仕度を始め、正蔵が佐之助の床を取りに二階に上がって行く。

「申し訳ありやせんでした」

お葉に茶を飲むようにと勧められ、佐之助は初めて殊勝に頭を下げた。

「おまえ、どこに行ってたんだえ?」

「へえ……」

「おまえの気持は解っているつもりだよ。皆が忙しそうに働いている最中《さなか》、自分だけが穀《ごく》に立たないと思ったんだろうが、それは違うよ！　何もしなくても、店衆はおまえがいてくれるだけで気が引き締まり、やる気を起こすんだ。現に、小僧の良作など、おまえのような町小使になるのを夢と思ってるんだからさ！」

お葉はそう言い、良作が友造さんみてェに頭が良くて、佐之助さんみてェな脚の速《はえ》ェ町小使になりたいと言ったことを話してやった。

「良作がそんなことを……」

佐之助の目が潤む。

「あんな小さな子に尊敬の目で見られてるってことを忘れちゃならないよ」

「へい。了見違《ちげ》ェをしてやした。俺《おり》ャ、もう日々堂には要らねえ男のように思い、思わず見世を飛び出しちまったんだが、飛び出したのはいいが行く当てもねえ……。浅草にでも行って、ごろん坊をやってた頃の友達《だち》のところにでも転がり込もうかとも思ったが、高橋から小名木川を眺めていたら、死んだ旦那の顔がふっと浮かび上がってきてよ……。莫迦なことを考えるんじゃねえ！　天はおめえに特技を与えてこの世に送り出して下さったんだ、その特技を活かさねえでどうするかよ、町小使になるためにに生まれてきたと思い、誇りを持てって……、旦那がそう囁いてくれたように思えたんだ。俺が高橋に佇んでいたのも、あの忌《い》まわしい出来事を思い出し、どうしてあんな莫迦な真似をしたのかと反省する意味でもあったんだしよ……」

そこに、二階から下りて来た正蔵が加わり、佐之助の頭をちょいと小突いた。

「だったら、なぜ、そんとき、帰《けえ》って来なかった！」

へえェ……、と佐之助が潮垂れる。

「帰《けえ》ろうと思いやした。帰りたかったんだ。けど、なんか、恰好悪くてよ……。雇人に言われたことで鶏冠《とさか》に来て見世を飛び出しちまったもんだから、どの面《つら》下げて帰ったらいいんだか……。それで、気を紛らわせようと居酒屋に入《へえ》り、そしたら、飲むにつれ、胸で蟠《わだかま》っていたものがすっと消えていくみてェで……」

「けど、ずっと居酒屋にいたわけじゃないんだろ？　どこに泊まったのさ」

お葉が訊ねると、佐之助は鼠鳴《ねずみな》きするような声で、木賃宿《きちんやど》……、と答えた。

「とにかく酔いを醒まして、明日帰《けえ》ろうと思ったんだ。けど、翌日になると、また、帰ったらなんと謝ればいいんだろうかと怖くなっちまって。それで、またもや居酒屋に……」

「それでまた、木賃宿かよ。じゃ、今日、俺たちが駆けつけなきゃ、おめえはいまだに木賃宿と居酒屋を行ったり来たりしてたというんだな？」

「いや、それはねえ。正《まさ》な話、持ち金がもうなくなりかけてたんで……」

「じゃ、俺たちが迎えに行かなきゃ、おめえ、どうしてた？」

「……」

佐之助が返答に困り、項垂《うなだ》れる。

「正蔵、いいじゃないか。持ち金がなくなりかけたところに計ったように知らせが入り、あたしたちが迎えに行くことになったのも、神仏の、ううん、死んだ旦那のお導き……。旦那がそうなるようにと図って下さったんだよ。ねっ、佐之助、明日は日々堂に出て来るんだよ。皆、待ってるからさ！　そりゃそうと、おまえ、何も食ってないんだろ？　居酒屋の御亭の話じゃ、おまえ、肴も取らずに飲んでばかりだったというじゃないか……。そうだ、おはまに言って、弁当を届けさせよう！　今宵はそれを食べて、明日からは、これまでどおり、日々堂で皆と一緒に食べるといいよ」

お葉がそう言ったときである。

計ったように、龍之介が水口から入って来た。

「佐之助、帰ったんだってな！　おまえ、腹が減ってるのじゃないか？　おはまさんが心配して、今宵はここで俺と一緒に食うようにと、弁当を拵《こしら》えてくれてさ！」

龍之介が重箱の入った風呂敷包みを掲《かか》げて見せる。

お葉と正蔵は顔を見合わせ、思わず頬を弛めた。

さすがは、おはま……。

亀の甲《こう》より年の功《こう》で、なんと気扱《きあつかい》に長《た》けていること！

龍之介も一緒に食べるようにと二人前作ったということは、友造や六助たちが仕舞た屋に帰るまで、龍之介に守《もり》を頼むということなのだろう。

「じゃ、あたしたちは日々堂に帰ろうかね。戸田さま、あとは頼んだよ！」

お葉と正蔵が立ち上がる。

その刹那《せつな》、お葉の視線が長押《なげし》に吸いつけられた。

えっと思って近づいてみると、なんと、蝶《ちょう》ではないか……。

羽根を閉じ、まるで凍《こお》っているかのように、びくりともしない蝶……。

大晦日も近いこんな冬の夜に、生きているのか死んでいるのか、しっかと長押に停《と》まっている。

なんとも逞《たくま》しき、冬の蝶……。

お葉の胸がきやりと揺れた。

まさか、甚さん、凍蝶《いてちよう》に姿を変えて、佐之助たちを見守ろうとしてるんじゃなかろうね……。

が、お葉はつと過《よ》ぎったその想いを払った。

あっちったら、なんて莫迦なことを考えちまったんだろう……。

雪の声

「お美濃《みの》！　ほら早く来てごらんよ、早くさァ！」

お文《ぶん》の声に、中食《ちゆうじき》の饂飩《うどん》に入れる葱《ねぎ》を刻《きざ》んでいたお美濃は手を止め、見世《みせ》のほうへと身体《からだ》を返した。

なんだろう、おっかさん、あんなに燥《はしや》いだ声なんか出して……。

お美濃は前垂《まえだ》れで手を拭《ぬぐ》うと、厨《くりや》から見世へと出て行った。

「ほら、見てごらん！　今朝、富沢町《とみざわちよう》から廻《まわ》ってきた古着の中に、こんな掘り出しものがあったんだよ。ねっ、これなんて、おまえに似合いそうじゃないか！」

お文が目を輝かせ、振袖《ふりそで》を広げてみせる。

蜜柑色《みかんいろ》の地に、小柴垣《こしばがき》と梅花の裾《すそ》模様……。

なんと華《はな》やかな振袖であろうか。

「えっ、あたしにって……」

お美濃は目を瞬《しばたた》いた。

どうやら、お文の言う意味が解《わか》らないようである。

「そうだよ、おまえにさ。年が明け、おまえも二十歳《はたち》になったんだもの、このくらい見栄《みば》えのする振袖を持っていたっておかしくはないからさ。そうさね、帯はこれなんかどうだろう……。黄色地に黒の分銅繋《ふんどうつなぎ》模様で、しかも、梅花《ばいか》まで散らしてあるんだもの、この振袖にはぴったりだ。それとも、こっちの菊唐草《きくからくさ》にするかえ？　ああ、やっぱり、分銅繋のほうがいいね。このほうが引き締《し》まって見える」

お文が振袖に帯を当て比べ、うんうんと納得したように頷《うなず》いてみせる。

「ねっ、お美濃もそう思わないかえ？」

「さあ……」

「さあじゃないだろ！　おまえの晴着なんだからさ」

「けど、あたし、振袖なんて着て行くところがないもの……」

「何を言ってんのさ！　嫁入り前の娘が振袖の一枚や二枚持っていなくてどうすんのさ。それに、うちは古手屋《ふるてや》だよ。おまえをうちの娘にしたからには、年中三界《ねんじゅうさんがい》、常着で徹《とお》させるわけにはいかないからさ！　夕《ゆん》べ、おとっつァんが零《こぼ》してたよ。お美濃は我勢者《がせいもの》（頑張り屋）でうちとしては助かっているが、もう少し身を窶《やっ》してくれなきや、あれじゃ、古手屋は養女を貰《もら》っただなんて口綺麗《くちぎれい》（綺麗事）を言って、その実、お端女《はした》として扱《こ》き使ってるだけじゃねえか、と世間から陰口を叩《たた》かれちまうって……。ねっ、おとっつァんだってそう言ってるんだ。たまにはお美濃もお粧《めか》しをして芝居見物に行くとか、友達を誘って買い物をするとかすればいいんだよ」

お美濃は恨《うら》めしそうに、上目遣《うわめづか》いにお文を見た。

「けど、あたし、友達なんていないもの……」

なるほど、言われてみればその通り……。

お美濃は芝居の番付売りをしていた父親が女《おな》ごに走り、それを苦にして母親が入水《じゅすい》して以来、親戚の家を盥回《たらいまわ》しにされて育ってきたのである。

さぞや肩身の狭い想いをしたであろうし、どこに行ってもお端女同然の扱いを受け、お美濃は常並《つねなみ》な娘のように稽古事《けいこごと》に通うことも出来なかったと聞いている。

ましてや、友達と呼べる者などいるはずもない。

お美濃の胸の中には、母親を死に追いやった父周三郎《しゅうざぶろう》への怨嗟《えんさ》があるのみ……。

いつの日にか、その恨みを晴らそうと、その想いだけで娘時代を過ごしてきたのである。

そうして、やっとの思いで周三郎の居所《いどころ》を突き止めると、お美濃はお端女として乾物《かんぶつ》問屋河津屋《かわづや》に潜《もぐ》り込み、周三郎の気を惹《ひ》こうと汐《しお》の目を送ったり、じゃなめいた仕種《しぐさ》をしたという。

周三郎の気を惹くことで、河津屋夫婦の間に波風を立て、憎き周三郎に一矢報《いっしむく》いたかったのである。

ところが、実の娘と気づかない周三郎が、本気でお美濃を愛妾《めかけ》にする気になったから大変である。

周三郎は妾宅《しょうたく》を構えるので、愛妾にならないかとお美濃に迫ってきた。

こうなると、お美濃は二進《にっち》も三進《さっち》もいかなくなった。

まさか、自分たち母娘《おやこ》を捨てた父を捜《さが》し出し、復讐《ふくしゅう》のために周三郎に接近したとは、口が裂けても言えないではないか……。

観念したお美濃は、妾宅に家移《やうつ》りしたその夜、蒲団《ふとん》の下に出刃包丁《でばぼうちょう》を隠し持ち、寝床に入った。

こうなったからには、この男を刺し殺すまで……。

きっと、おっかさんもそれを望んでいるに違いない。

だが、迷いがなかったわけではない。

刺す前に、一度だけ、この男をおとっつァんと呼んでみようか……。

そうしたら、この男はどんな顔をするだろう。

もしかしたら、あたしのことを娘だと認めてくれるかもしれない……。

お美濃の気持は千々《ちぢ》に乱れた。

ところが、周三郎から返ってきた言葉は、そそ髪が立つ（身の毛がよだつ）ものだった。

周三郎はお美濃からおとっつァんと呼ばれると、どこの誰のことを言っているのかという顔をし、お美濃が自分はお佐津《さつ》の娘だと打ち明けてからも、あの女ごは娘を道連れに大川に身を投げて死んだ、第一《でえいち》、あの女ごの産んだ娘が自分の娘と決まったわけじゃねえ、所詮《しょせん》、水茶屋の女ごだ、誰の子を孕《はら》んだのか判《わか》ったもんじゃねえ……、と嘯《うそぶ》いてみせたのである。

その言葉を聞き、お美濃の頭にカッと血が昇った。

あたしを娘と認めてくれないのは許せるとしても、おっかさんを侮辱《ぶじょく》することだけは許せない……。

お美濃は蒲団に隠し持った出刃包丁を取り出すや、ひと思いに周三郎の腹を刺した。

幸い、周三郎は一命を取り留めたが、お美濃は十文字縄《じゅうもんじなわ》をかけられ、大番屋送りに……。

結句、友七親分やお葉、日々堂の店衆《たなし》が情状酌量《しやくりよう》の嘆願書の署名集めに奔走《ほんそう》し、そのお陰で、お美濃は三十日の過怠牢舎《かたいろうしや》（本刑の敲《たた》きに換えて入牢させたこと）に減刑されたのだった。

そんなお美濃を古手屋のお端女として引き取ろうと言い出したのは友七である。

お文も二つ返事で承諾した。

が、過怠牢舎となったお美濃を何度か小伝馬町《こてんまちよう》に訪ねるうちに、友七の心に変化が表れた。

お美濃をお端女としてではなく、義娘《むすめ》として引き取りたいと思うようになったのである。

友七には、お文との間に初めて授《さず》かった子が流れたという経緯があり、以来、二度と子に恵まれることはなかったが、あのとき流れた子が無事に育っていれば……、という想いがあった。

その想いはお文も同様で、お美濃が釈放される日、お文は開店以来一度も閉めることのなかった古手屋を閉め、友七と二人して小伝馬町まで迎えに行ったのである。

迎えに来た二人を前にして、お美濃は嬉《うれ》しさと気後《きおく》れが綯《な》い交ぜになり、最初《はじめ》は含羞《はにか》んでいたようだが、一度《ひとたび》心を開くや、おとっつァん、おっかさん、と何度も口にし、友七たちを悦《よろこ》ばせてくれたという。

そうして、永いこと子に恵まれなかった友七夫婦と、親の愛に恵まれなかったお美濃は家族となったのである。

お美濃を家族に迎えた祝いの席で、お美濃は嬉し涙にくれた。

「あたし、嬉しくって……。だって、女将《おかみ》さんと清太郎さんの仲睦《なかむつ》まじい姿や、おちょうさんを見ていると、血は繋《つな》がらなくても、実の親子以上に信頼し合えるんだなって……。あたし、親分、ううん、おとっつァんから日々堂のことを聞きました。清太郎さんもおちょうさんも、血を分けた親子以上に女将さんや宰領《さいりよう》のことを慕《した》ってい る、おめえだって、それが出来るんだ、勇気を出して、俺たちの懐《ふところ》に飛び込んで来なって……。あたし、本当に、そんなことが出来るんだろうかと、まだ半信半疑でいたんです。でも、こうして、皆さんの姿を目にして、目から鱗《うろこ》が落ちたような気がしました。ああ、一歩前へと踏み出せば、あたしにも幸せが摑《つか》めるかもしれない。あたし、あたし……。生涯、家族にも幸せにも、縁がないと思っていたから……」

お美濃の頰《ほお》を涙が伝った。

こうして、お美濃が友七夫婦の義娘《むすめ》となって半年が経《た》つが、現在《いま》では、お美濃は古手屋にはなくてはならない存在となっている。

見世の仕事で手一杯のお文に代わり、お美濃が家事一切《いっさい》を引き受け、合間に、お文から古着の解《ほど》き方や裁縫まで教わっているのだった。

だが、義娘《むすめ》として引き取ったからには、重宝《ちょうほう》がってばかりもいられない。

なんといってもお美濃は娘盛り……。

たまには着飾って、外出してもよいのである。

「おめえよ、うちは古手屋だ。着るものなら売るほどあるってェのに、なんでまた、お美濃に地味な縞《しま》模様しか着せねえんだよ！」

昨夜、何を思ってか、友七が唐突にそう言いだしたのである。

なんでまた、と言われても、お文には返しようがなかった。

別に他意があってそうしているわけではなく、見世の着物の中で着たいものがあれば何を着たっていいんだよ、と口が酸《す》っぱくなるほど言っても、お美濃が選ぶ着物は木綿《もめん》の青梅縞《おうめじま》か桟留縞《さんどめじま》……。

単衣《ひとえ》の季節ならそれも許せるとして、せめて袷《あわせ》だけでも絹物を着てくれと頼み込み、ようやく八丈紬《はちじょうつむぎ》に手を出してくれたのだが、それも二十歳前後の娘にはいささか地味と思える藍地《あいじ》のよろけ縞……。

「だって、あの娘《こ》、これが自分に一番似合うって聞かないんだもの……」

「聞かねえじゃ済まされねえだろうが！　親のおめえが率先《そっせん》して、これがあれがと指図《さしず》してやらなきゃ、お美濃には遠慮があるんだよ」

友七は蕗味噌《ふきみそ》を嘗《な》めたような顔をした。

そうだろうか……。

ああ、やはり、そうかもしれない。

お文はこれまで人の親となったことがないだけに、お美濃の気持を解ってやれなかったことに忸怩《じくじ》とした。

だが、お美濃から着て行くところもないし、友達もいないと言われると、なるほどごもっとも……。

「そうだ！　日々堂のおちょうちゃんを誘って、両国広小路《りょうごくひろこうじ》まで脚《あし》を延ばしてみちゃどうだえ？　見世物小屋が出ているというし、甘味処《あまみどころ》で善哉《ぜんざい》でも食べて、紅《べに》や櫛《くし》や簪《かんざし》を買ってもいい……。おちょうちゃんなら知らない間柄でもないし、歳《とし》もおまえとは二つ違いだ。あの娘《こ》も日々堂の勝手方で毎日忙しくしているが、おはまさんに頼めば、半日やそこら暇《ひま》をくれるだろうからさ！　おっかさんから頼んでやるから、ねっ、そうしなよ」

お文はなぜもっと早くそのことに気づかなかったのだろうかと思った。

お美濃がなんと答えてよいのか判《わか》らず、途方に暮れたような顔をしている。

が、お文は意に介《かい》さずとばかりに、ポンと手を打った。

「それで決まりだ！　じゃ、おっかさんに委《まか》せときな！」

お文は思いたったが吉日とばかりに、黒江町へと急いだ。
掘割を渡り終えたとき、四囲《しい》の寺から四ツ（午前十時）の鐘の音が響いてきた。
すると、日々堂の厨では、今頃は朝餉《あさげ》の片づけが終わり、中食の仕度《したく》にかかってい
るだろう。
そう思い、裏庭に廻って枝折り戸《しおど》の前に立つと、薪割《まきわ》りでもしているのか、中から
大きな物音と子供たちの七色声《なないろごえ》が聞こえてきた。
「敬《けい》ちゃん、狡《ずる》いよ！　今度はおいらの番だ。さっ、斧《おの》を貸しなよ！」
どうやら、清太郎の声のようである。
すると、敬ちゃんとは、清太郎の手習《てならい》師匠石鍋重兵衛《じゅうべえ》の息子、敬吾《けいご》なのであろう

か……。

そう思い、枝折り戸を開けて裏庭に入ると、案の定、清太郎に敬吾、おやおや、小僧の市太や権太、良作の顔も揃《そろ》っているではないか。

薪割りかと思ったが、筵《むしろ》の上の鏡餅《かがみもち》を見て、お文は、そうだった、今日は一月十一日、鏡開きだった、と納得した。

「おまえたち偉いね。大人に代わって鏡餅を割ってるんだ！」

そう声をかけて近づくと、子供たちの目が一斉《いっせい》にお文へと注《そそ》がれた。

「古手屋のおばちゃん！」

清太郎が斧を手によろよろと寄って来る。

ふらついているように見えるのは、九歳になったばかりの清太郎には斧が重いからであろう。

「大丈夫かえ？　怪我《けが》をしないように気をつけなよ」

「うん、大丈夫だよ。良ちゃんって力持ちなんだ。それで、大きな餅を割ってくれたんだよ。けど、鏡汁《かがみじる》に入れるにはもっと小さく砕《くだ》かなきゃなんないから、それで、おいらと敬ちゃんとで砕くことになったんだ！」

清太郎が目を輝かせる。

鏡餅は切ることを忌《い》み、手や斧で割るのが仕来《しきた》りとなっているが、斧で割るには、大きな塊《かたまり》よりもむしろ小さな塊のほうが難しいといってもよい。

「清坊、斧より、ほら、こうして手で砕いてみな。罅《ひび》が入っているから、手でも簡単に砕けるだろ?」

お文が罅に指を当て、砕いてみせる。

「ホントだ! なんだ、手で割れるんだ」

どれどれと、他の子供たちも餅を手に、驚いたといった顔をする。

すると、お文の声を聞きつけ、水口《みずぐち》からおはまが顔を出した。

「おんやまっ、やっぱ、お文さんだ。おいでになってたのなら、声をかけて下さればよかったのに……。さあさ、どうぞ、中にお入り下さいな」

おはまが手招きをする。

お文は、じゃあね、と子供たちに会釈《えしゃく》をすると、厨に入った。

厨では、鏡汁のための出汁《だし》を取っているのか、大鍋がふつふつと音を立てていた。

お端女たちが大根《だいこん》や人参《にんじん》、葱を刻んでいる。

「今、お茶を淹《い》れるからさ。あっ、それとも、茶の間に行かれます? 女将さんに用があるんじゃないですか?」

「いや、折り入って、おまえさんに相談があってね」

「あたしに相談って……」

おはまは目をまじくじさせた。

折り入っての相談とは、さすがに仰々《ぎょうぎょう》しかったとみえ、おはまは戸惑《とまど》いの色を見せた。

「嫌だよ、そんなに畏《かしこ》まった顔をしないでおくれよ。なに、おちょうちゃんのことなんだけどさ。今、おちょうちゃんは？」

おちょうの話と聞いて、おはまの顔が強張《こわば》った。

「今、お針の稽古に行ってるんだけど、おちょうが何か？」

「あっ、お針の稽古にね……。そっか、その手があったんだ！　いえね、お美濃のことなんだけど、あの娘《こ》がうちに来て半年が経つってのに、あの娘ったら、これまでどこにも出掛けてなくてさァ……。それで、たまにはお粧しをして、どこかに出掛けたらどうかと勧めたんだけど、あの娘、行く当てもなければ、友達もいないっていうじゃないか……。そりゃそうだよね？　幼い頃から他人の顔色ばかり窺《うかが》ってきて、常並な娘のように遊んだこともなければ、稽古事に通ったこともないんだからね……。それで、おちょうちゃんなら歳も近いことだし顔見知りだから、お美濃をどこかに連れ出してくれるのじゃないかと思ってさ。けど、考えてみれば、お針の稽古に通わせるって手もあったんだよね？　現在《いま》は、あたしが暇を見て教えてやってるんだが、お師《し》さんにつくってことは、友達が出来るってことにもなるんだもんね。で、おちょうちゃんはどこに通わせてるんだえ？」

おはまは、なんだえ、そんなことか……、と拍子《ひょうし》抜けしたような顔をした。

「奥川町《おくがわちょう》の藤村《ふじむら》という針妙《しんみょう》の下《もと》に通わせてるんだけどさ。お美濃ちゃんも通わせるのなら、あたしが口を利《き》いてやってもいいよ」

「そうしてくれるかえ？　で、月並銭《つきなみせん》は高いのかえ？」

「手習指南《てならいしなん》と同じで、最初《はじめ》に束脩《そくしゅう》として二朱《しゅ》納めなきゃなんないが、月並銭は取らないんだよ。というのも、最初のうちは自分のものを縫《ぬ》わせるが、並一通りに縫えるようになったら、呉服屋から廻ってくる仕立物を縫うことになり、逆に、お師さんから手間賃を貰うことになるのさ。つまり、お師さんにしてみれば、弟子を育成しているのと同じでさ。嫁に行ったりして途中で辞めていく者のほうが多いけど、腕の立つ弟子が一人でも二人でも出てくれれば、御《おん》の字《や》ってなもんでさ」

「じゃ、おちょうちゃんも針妙をやっているのかえ？」

「まさか……。あの娘《こ》にそんな芸当が出来るわけがない！　なんせ、五年も通ってるというのに、いまだに袷を仕立てることが出来なくて、単衣でお茶を濁《にご》してる有様《ありさま》なんだからさ！　それでも懲《こ》りずに通ってるのは、きっと、お針友達と口っ叩きをするのが目的なんだよ。呆《あき》れ返ってものも言えない！」

「じゃ、愉《たの》しいんだ……」

「ああ、愉しいみたいだよ。音曲《おんぎょく》にかけてはからきし駄目で、これまで何をやらせても三日坊主だったおちょうが、お針の稽古だけは五年も続いてるんだからさ」

「きっと、気の合う仲間がいるんだろうね」

と、そこに、お葉が入って来た。

お葉はお文の姿を認めると、驚いたといった顔をした。

「おやまっ、お文さんじゃないか！　なんだえ、来てたのなら、茶の間に顔を出せばいいのに……。ちょうど、親分も来てるんだよ。ほら、おいでよ」

お葉は手にした鉄瓶《てつびん》に水を容《い》れるようにとお端女に命じ、さあさ、とお文を促《うなが》した。

「まあ、なんだろうね、うちの亭主は……。何かといえば、日々堂で油を売ってるんだからさ！　じゃ、あたしもちょいとお邪魔しようかね」

お文がおはまに目まじして、茶の間に入って行く。

友七はお文を見ると、悪さをして見咎《みとが》められた幼児のように挙措《きょそ》を失った。

「なんでェ、おめえは……」

「なんでェじゃないだろ！　おまえさんのほうこそ、またこんなところで油を売ってさ。それでよく岡っ引きが務まるもんだよ！」

「このどじ女《あま》が！　俺がここで茶を飲んでるってことは、それだけ深川一帯が平穏ってことでよ。何事もなくて、有難《ありがて》ェと感謝してもらいてェもんよ。おめえこそ、古手屋を空《あ》けていいのかよ。お美濃が来てからというもの、すっかり頼っちまってよ！　そうして、ふらふらとうろつきやがる……」

友七はバツの悪さを隠すかのように、悪態を吐《つ》いた。

「おや、顔を合わせた途端、痴話喧嘩《ちわげんか》かえ？　いいじゃないか、二人とも……。こうして、日々堂でばったり出逢《であ》ったのも何かの縁と思ってさ。さあさ、到来物《とうらいもの》の翁煎餅《おきなせんべい》でも食べようじゃないか」

お葉が剣呑《けんのん》な空気を払うように、わざと明るい口調で二人を宥《なだ》める。

「けど、お文さんがうちの厨に顔を出すとは、また珍しいことがあるもんだよ。おはまに何か用でも？」

お葉は菓子鉢《かしばち》の蓋《ふた》を開けて翁煎餅を勧めると、茶を淹れながらお文を窺った。

「それがさ、今朝、富沢町からきた古手の中に、お美濃に似合いそうな振袖があってさ。ほら、夕《ゆん》べ、おまえさんも言ってたろ？　お美濃を年頃の娘らしく着飾ってやれって……」

お文が友七の顔を窺う。

「おう、言ったが、おっ、そうけえ、お美濃に似合いそうなのがあったのか！」

「ところがさ、お美濃が振袖なんか要《い》らないっていうんだよ。あの娘《こ》ったら、着て行くところもなければ、一緒に出掛ける友達もいないって……。それで、おちょうちゃんのことを思い出したんだよ。ほら、お美濃がうちの義娘《むすめ》となった祝いの席をここで設《もう》けてもらっただろ？　あのとき、おちょうちゃんも同席してくれて、お美濃と仲睦まじそうに話し込んでいたのを思い出してさ。それで、二人でどこかに遊びに行かせちゃどうだろうかと思ってさ！」

「あっ、そうか……。おちょうは年が明けて二十二で、お美濃は二十歳。二つ違いなら、話も合うってもんでェ。お文、よく気がついたな！」

「だろう？　それで、思いたったが吉日とばかりに、おはまさんの許しを得ようと思ってさ」

「そりゃ、おはまは駄目と言わないだろうさ。それで、おちょうはなんて？」

お葉がお文を瞠《みつ》める。

「それが、今、お針の稽古に行ってるんだってさ。それで思いついたんだけど、お美濃もお針の稽古に通わせちゃどうだろうかと……。藤村とかいう針妙には、おはまさんが口を利いてくれるそうでさ。そうしたら、お美濃にも友達が出来るし、常並な娘のように、お洒落《しやれ》のひとつもしてくれるだろうからさ」

「けどよ、お針の稽古もいいが、それじゃ、おちょうと連れ立ってどこかに出掛けるって話はどうするのよ。第一《でえいち》、お針の稽古じゃ、振袖は着られねえだろうが！」

友七が気を苛《いら》ったように言う。

「また、おまえさんは早とちりなんだから……。もちろん、おちょうちゃんにはお美濃を連れてどこかに遊びに行ってくれないかと頼むつもりだよ。そのことと、お針の稽古は別の話なんだからさ」

「ああ、そうけえ……。俺《おり》ャ、また、おめえの気が変わったのかと思ってよ」

友七が唇をへの字に曲げる。

「けどよ、二人を出掛けさせるとして、一体《いってえ》どこに……。芝居見物といえば浅草猿若町《あさくささるわかちょう》だが、女《おな》ご二人を行かせるにしては遠すぎるしよ。両国広小路の見世物小屋があることはあるが、ありゃいかさまだ！　第一《でえいち》、若ェ女《わけ》ごが行くような場所じゃねえ……」

友七が眉根《まゆね》を寄せる。

「かといって、あたしには見世があるし、おまえさんがついて行くわけにはいかないじゃないか」

お文も太息《ふといき》を吐いた。

「そうだ！ 戸田さまに頼んでみようか？ 親分が供をするといえばあの娘《こ》たちもいい顔をしないだろうが、戸田さまなら大悦びだ。様《さま》になるからさ！」

お葉が我ながらよい思いつきだと、ポンと膝《ひざ》を打つ。

「おっ、戸田さまよのっ。そいつァ、いいかもしれねえや……。俺の供じゃいい顔をしねえと言われたんじゃ胸糞《むなくそ》が悪いが、まっ、戸田さまが相手じゃ勝ち目がねえからよ。それに、戸田さまが用心棒なら、鬼に金棒！ ごろん坊も怖《お》じ気《け》づいて逃げ出すだろうからよ」

「けど、戸田さまが承諾してくれるだろうか……」

お文が心許《こころもと》ない言い方をする。

「それはあたしに委せときな！ 大丈夫、戸田さまは悦んで同行して下さるさ」

お葉はそう言うと、自信ありげに片目を瞑《つぶ》ってみせた。

龍之介は快《こころよ》く承諾してくれた。

が、一番悦んだのは、おちょうであろうか……。

というのも、お美濃に振袖を着せるのであればおちょうにもと、お文が太っ腹なところを見せたからである。

おちょうは黒地に大柄な桜模様の振袖と、黄色地に緑の市松《いちまつ》模様の帯を選んだ。

かなり大胆で、人目《ひとめ》を惹く組み合わせであるが、おちょうは、振袖はこのくらい目立たなきゃ意味がない、とけろりとしたものである。

「それで、結局、どこに行くことに決まったのさ」

中食の仕度をしながらおはまが訊《たず》ねると、おちょうは味噌汁の葱を刻みながら、くすりと肩を竦《すく》めた。

「それがさ、あたしたちは両国広小路でも構わなかったんだけど、戸田さまが、あそこの見世物小屋は駄目だ、とても若い娘が観《み》るような代物《しろもの》じゃないって言い張ってさ……。それで、あたしたちが振袖を着るのなら、いっそ浅草猿若町まで脚を延ばし、芝居見物をしたらどうかって……」

「猿若町って……。じゃ、一日がかりになるじゃないか」

「一日がかりじゃ駄目かしら？」

「そりゃ、たまのことだからいいけどさ。けど、枡席《ますせき》でも一人二十五匁《もんめ》はかかると
いうからさ。それに、合間には弁当も食べなきゃならないし、こりゃ物入りだ……」

「ううん、戸田さまが言ってたよ。女将さんが掛かり費用はすべて持つから、遠慮し
ないでしたいようにしてくれと言って下さったんだって！」

おちょうが燥《はしや》いだように言う。

「遠慮しないでと言われても、少しは遠慮するのが筋だろうに……。けど、戸田さま
がその気になってるんじゃ、仕方がないね」

おはまはふうと太息を吐いた。

すると、おちょうがくっと肩を揺《ゆ》らす。

「あたしね、思うんだけど、どうやら戸田さまは市村座《いちむらざ》でかかってる芝居を観たいの
じゃないかって……」

「何がかかってるんだえ？」

「仮名手本忠臣蔵《かなでほんちゆうしんぐら》だってさ」

「そりゃ大変だ！　十一段からなる通し狂言《きようげん》だもの、やっぱ、一日がかりだよ」

おはまはぶつくさと呟《つぶや》きながら、茶の間に向かった。

お葉は廻り髪結《かみゆい》のおときに髷《まげ》を結《ゆ》ってもらっていた。

「女将さん、本当によろしいんですか？　おちょうから聞きましたが、あの娘《こ》たち、市村座に行くそうではないですか」

おはまはおときに会釈すると、茶の仕度を始めた。

「いいじゃないか、戸田さまが一緒なんだもの……。お文さんが二人のためにせっかく振袖を奮発してくれたんだ。お披露目《ひろめ》としては芝居見物ほど恰好《かっこう》なものはないからさ！」

「おや、市村座ですか！　音羽屋《おとわや》ですね。まっ、いいこと！　どなたが行かれるのですか？」

おときが鏡を覗《のぞ》き込むようにして、お葉に訊ねる。

「いえね、友七親分が義娘《むすめ》を少し表に連れ出したいというもんでね。それで、おはまの娘のおちょうと芝居見物にでもってことになったんだよ」

「えっ、友七親分のところに娘さんがいましたっけ……」

「そうか、おときさんには言ってなかったね。いえね、去年、親分が養女を貰ってね。我勢者でいい娘《こ》なんだが、少しばかり引っ込み思案《じあん》でさ……。まっ、身のありつきからして仕方がないんだろうが、親分にしてみれば、義娘《むすめ》として貰ったからには常並な暮らしをさせてやりたいのだろうさ。それで、おちょうとなら、よい友達になれるのではないかと思ってさ」

「そうだったんですか。それは親分も愉しみが増えましたね。確か、おちょうちゃんは今年で二十二……。それで、親分の義娘《むすめ》さんは？」

「二十歳になったばかりだよ」

「まっ、娘盛りじゃないですか！」

「そうなんだよ。それで、お文さんが二人に振袖を誂《あつら》えてくれてさ。となれば、着て行くところは芝居見物以外には考えられないじゃないか……。しかも、目付役として戸田さまが一緒に行って下さるというんだからさ！」

「戸田さまがご一緒なら、何も不安がることはありませんよ。これほど心強い用心棒はいませんからね」

「だろう？　大方、おはまは掛かり費用のことを気にしてるんだろうが、あたしが戸田さまに不自由しないだけの金を託すから、気を揉《も》むことはないんだ。おはま、そういう理由《わけ》だけだから、気持よく送り出してやろうじゃないか」

「女将さんがそれでいいとおっしゃるのなら、あたしも異存はありませんけどね」

やはり、おはまは気を兼ねていたのである。

お葉の髷が結い上がる。

お葉はおときが渡した手鏡を手に、満足そうに笑《え》みを浮かべた。

「やっぱり、おまえさんに結ってもらうと気分がいいねえ！　そうだ、おちょうとお美濃ちゃんもおときさんに結ってもらおうよ。ねっ、いいだろう？」

「それは構いませんが、芝居見物となると、早朝から仕度をしなくちゃなりませんからね。あたしはどちらに伺《うかが》えばいいのでしょう」

「あたしも芸者をしていた頃、客の供で何度か猿若町に行ったけど、確か、おときさんには六ツ（午前六時）に冬木町《ふゆきちょう》まで来てもらっていたよね？　仕度をして、舟で竹町《たけちょう》の渡しに着いたのが、確か、五ツ（午前八時）過ぎ……。あのときは芝居茶屋が上桟敷《かみさじき》を予約してくれてたけど、枡席となるとそうはいかないからさ。皆、少しでもよい席をと早朝から並ぶだろうから、もっと早く出掛けなくちゃならない……。となると、七ツ（午前四時）には仕度を始めなきゃならないってことか……。そんなに早くては、おときさんだって困るよね？　そうだ！　いっそのこと、芝居茶屋に頼んでみようか。それなら、弁当の心配をすることもないんだからさ！」

お葉が目から鱗が落ちたといった顔をすると、おはまが慌《あわ》てた。

「女将さん、芝居茶屋だなんて滅相《めっそう》もない！　一体いくらかかると思ってるんですよ。小娘にそんなもったいないことを……」

「何言ってんのさ！　乗りかかった船じゃないか。いいってことよ、あたしに委せておきな。馴染《なじ》みの芝居茶屋があるから、早速《さっそく》、午後からの便で文《ふみ》を届けさせるよ」

お葉が一旦言い出したら後に退《ひ》かないことを知っているおはまは、呆れ返ったような顔をした。

「では、以前のように、六ツにお伺いすればいいんですね？　で、どちらに上がればいいのでしょう」

おときが鬢盥《びんだらい》を片づけながら言う。

「ここでいいよ。おちょうとお美濃ちゃんをここに呼んでおくからさ。おまえさんも二軒廻るより、そのほうがいいだろう？」

「ええ、それはもう、大助かりです」

「そういうことだ。おはま、おちょうを七ツ半（午前五時）にここに寄越しておくれ。お文さんにも髷だけじゃなく、ここで着付けまでするようにと伝えておくれ」

こうなると、お葉にはもう何を言っても無駄と知ってか、おはまはやれと肩息《かたいき》を吐いた。

が、お葉はそんなおはまを後目《しりめ》に続ける。

「で、いつ芝居見物に行くかなんだけど、当初は明日にでもと思っていたが、芝居茶屋に桟敷席を取らせるとなったら、これから文を出して、返事が来るのは早くて明日だろうから、明後日……。確か、その日は戸田さまは道場に行く日ではなかったように思うが、おちょうのお針の稽古はどうなっているんだえ？」

「さあ、おちょうに聞いてみないと判らないけど、いいですよ、お針は休ませたって……」

「そりゃそうですよね。桟敷で芝居を観るなんてことはそうそうあるものではありませんからね。お針の稽古なんてうっちゃっといてでも行くべきですよ」

おときが愛想《あいそ》笑いをする。

「それで決まりだ！　おはま、あとでいいから、おちょうに古手屋まで知らせに行かせておくれ。お文さんも悦ぶだろうからさ」

「解りました」

おはまが厨へと下がって行く。

「おときさん、すぐに中食だ。食べて行くといいよ」

「あら、済みませんね。いつも馳走《ちそう》になって……」

「何言ってんだよ。廻り髪結は顎付《あごつ》き（食事付き）が相場だ。冬木町の頃からずっとそうしてきたんだもの、気を兼ねることなんてないんだよ」

「そう言えば、冬木町の仕舞《しも》た屋で、喜久治姐《ねえ》さんにおせいさん、それにあたしと、三人で中食を頂きましたよね。あの頃は毎日伺っていましたから、あたしは中食はお宅で頂くものと思っていましたよ。たまに旦那がいらしたことがあり、あたしが遠慮しようとすると、構うこたァねえ、俺がいて邪魔というのでなきゃ、一緒に食ってってくれって……。まあ、今思っても、あんなに男気《おとこぎ》のある男《ひと》はいませんよ。懐が深くて優しくて、それでいて鯔背《いなせ》で……。惜《お》しい男を亡くしましたね」

おときがしんみりとした口調で言う。

「ああ、まったくだ……。嫌だよ、この女《ひと》は！　思い出させないでおくれよ。恋しくなっちまうじゃないか」

「申し訳ありません。つい、口が滑《すべ》っちまって……。それはそうと、喜之屋《きのや》の女将さんが寝込んでいらっしゃるのをご存知ですか？」

おときが思い出したように言う。

「おかあさんが？　えっ、寝込むって、一体いつから……」

お葉は慌てた。

お楽《らく》に最後に逢ったのは、一年ほど前……。

逢ったというより、門前仲町の足袋屋《たびや》で足袋を選んでいるときに、見世の前を通りかかったお楽を目にしたのだが、お楽には連れがいたので声をかけるのを遠慮した。

そのときには、お楽に変わった様子は見当たらず、久しく逢っていなかったが、では、息災なんだと安心したのだった。

それなのに、病に臥《ふ》しているとは……。

「いえ、あたしも詳《くわ》しいことは知らないんですけど、福助《ふくすけ》姐さんが言うには、お楽さんから喜之屋を継《つ》がないかと打診されたそうで……」

「福助姐さんに喜之屋を継がせるですって！」

お葉は思わず甲張《かんば》った声を上げた。

「ええ。福助姐さんの話では、お楽さんの病は血の道からくる気の方《かた》（気鬱《きうつ》）ではなかろうかと……」

「血の道だって？　おかあさんは五十路《いそじ》をとうに超えてるんだよ？」

「ええ。でも、これぼかりは人によって違うといいますからね」

「それで、福助姐さんはなんて？」

「姐さんも三十路《みそじ》を超えましたからね。それで、これまでは出居衆《でいしゅ》（自前芸者）でやってきたが、そろそろ先行きを考えてもよい頃だし、自分は喜久治さんみたいに相惚《あいぼ》れの殿方《とのがた》がいるわけでもないしって……。引き受けるかどうかはっきりとは言いませんでしたが、あの口ぶりでは、受けてもいいという気持のほうが強いのではなかろうかと……」

「そうかえ。近々、見舞いかたがた喜之屋を訪ねてみるよ」

「そうなさいませ。きっと、お楽さんも喜久治姐さんの顔を見れば元気が出るでしょうからね。あら、ごめんなさい。昔話をしていると、女将さんと呼ばなきゃならないのに、つい、喜久治姐さんと呼んじまって……」

おときがお葉の顔を窺う。

「いいんだよ。あたしだって、おまえさんの顔を見ると、芸者の頃の自分に戻って、つい、あっち、と言ってしまいそうになるんだもの……」

厨のほうが俄《にわか》に賑《にぎ》やかになった。

中食時で、そろそろ町小使《まちこづかい》（飛脚）たちが食間に集まって来ているようである。

「さあ、おときさんも食べてくるといいよ。それとも、もう少し待って、ここであたしや清太郎と一緒に食べるかえ？」

おときは慌てて首を振った。

「滅相もない……。矩《のり》を越えてはなりませんからね。冬木町の頃ならともかく、現在《いま》は立場を弁《わきま》えませんと……」

おときが辞儀をして、食間に入って行く。

お葉の胸につっと寂《さみ》しさが過《よ》ぎった。

立場を弁えませんと……。

おときの言葉が身に沁《し》みた。

確かに、そのとおりなのである。

現在《いま》のお葉は、便り屋日々堂の女主人《おんなあるじ》……。

四十名近くの使用人を束《たば》ねていく立場とあれば、どこかで彼らと一線を画《かく》しておかなければならないが、ときによっては堪《たま》らなく心寂《うらざみ》しく思う。

あっちの心は、喜久治の頃とちっとも変わっちゃいないのに……。

だが、そうは思っても、二度と、冬木町にいた頃の自分には戻れない。

バタバタと廊下を走る音が聞こえてくる。

「腹減ったァ！」

清太郎が手習指南から戻って来たようである。

お葉はつと過《よ》ぎった心寂しさを払うと、声を張り上げた。

「お帰り。待ってたよ！」


翌日、お葉が蛤町の置屋《おきや》喜之屋を訪ねると、てっきり床に臥していると思ったお楽が、炬燵《こたつ》に入って台帳に目を通していた。

こめかみに即効紙《そっこうし》を貼《は》り、夜着《よぎ》の上から綿《わた》入り半纏《ばんてん》を羽織《はお》っているところをみると、おそらく、今し方まで、横になっていたのであろう。

「起きていて、大丈夫なのかえ？」

お葉が気遣《きづか》わしそうな顔をすると、いつもは気丈なお楽にしては珍しく、情けなさそうに肩息を吐いた。

「見番《けんばん》（芸者を管理する組織）から書出《かきだし》（請求書）を早く出せと言われてるもんだから、寝てばかりもいられないんだよ。けど、よく来ておくれだね」

お楽が茶を淹れようと、腰を上げかける。

「ああ、おかあさんはそのままで……。お茶ならあたしが淹れるからさ」

お葉はお楽を制すと、長火鉢《ながひばち》の傍《そば》まで寄って行く。

「済まないね」

「何を言ってんのさ。ここは勝手知ったる我が家同然……。お茶っ葉ばかりか、何がどこにあるのか、おかあさんのへそくりの隠し場所まで知っているんだからさ。今日はね、おかあさんの具合が悪いと聞いたもんだから、軽羹《かるかん》と蜜柑《みかん》を持って来たんだよ。ふんわりとしていて軽い菓子だから、これなら喉《のど》を通るのじゃなかろうかと思ってさ」

お葉が茶櫃《ちゃびつ》の中から茶筒《ちゃづつ》を取り出す。

「軽羹だって？」

「永代橋《えいたいばし》の袂《たもと》に薩摩屋《さつまや》っていう菓子屋が出来たのを知ってるかえ？　山芋《やまいも》を摺《す》り下ろして蕎麦粉《そばこ》と砂糖を混ぜて蒸《む》した薩摩の菓子なんだけど、これが結構美味《うま》いんだよ！」

「へえェ、此《こ》の中《じゅう》、家に籠《こ》もりっきりだから、そんな見世が出来たことも知らなかったよ。そりゃ食べるのが愉しみだ。この頃うち、何を食べても美味《おい》しいと思わなくなってさ。こんなことじゃいけないと思うんだが、今ひとつ、何をするにも張りがなくてね。情けないよ……」

お楽が太息を吐く。

「さあ、お茶が入ったよ。それで、これが軽羹……。白くて、まるで淡雪《あわゆき》みたいな菓子だろう？」

そう言い、お葉が炬燵の上に盆を置く。

盆には、小皿に取り分けた軽羹と湯呑《ゆのみ》が二つ……。

お葉に促され、お楽が黒文字《くろもじ》で軽羹を二つに割って、口に運ぶ。

「どうかしら？」

お楽は答える代わりに、こくりと頷き、目を潤《うる》ませた。

「有難《ありがと》うよ。こうして、おまえがあたしのことを気遣ってくれてると思うと、嬉しくて……」

「こんなの気遣ってるうちに入らないさ。具合が悪いのなら、なんでもっと早く言ってくれなかったのさ！　あたしに出来ることならなんでもしたのに、水臭いじゃないか。で、どうなんだえ？　医者には診《み》せたんだろうね」

「永代寺門前町の工藤公庵《くどうこうあん》さまに診てもらったが、血の道だから女神散《にょしんさん》を飲んで時期が来るまで辛抱《しんぼう》することだと言われてさ……」

お楽がふうと溜息《ためいき》を吐く。

「工藤公庵だって？　ありゃ駄目だ。でも医者（藪《やぶ》医者）で通ってるからさ。おまけに、薬料《やくりよう》が滅法界《めつぽうかい》高いと評判だ！　まっ、ここから近いってのだけが利点だが、一度、佐賀町《さがちよう》の添島立軒《りつけん》さまに診てもらうといいよ。なんなら、あたしから往診してもらえないかと頼んでみようか？　添島さまなら腕がいいし、決して、法外な薬料を取らないからさ」

お楽は寂しそうに首を振った。

「有難うよ。おまえがそう言ってくれるのは嬉しいが、誰に診てもらったって同じことなんだよ。食欲不振に頭痛、何もしたくなければ他人《ひと》にも逢いたくなくて、そのうえ、重箱の隅《すみ》をつつくみたいに些細《ささい》なことまでが気にかかり、不安で不安で堪《たま》らなくなるんだからさ……。やっぱ、公庵さまが言われるように、ときが来なきゃ治らないんだよ」

お葉はそうだろうかと首を傾《かし》げた。

確かに、お楽の症状は血の道の症状によく似ている。

だが、通常、血の道症というのは、冷えやのぼせ、動悸《どうき》、顔面紅潮、肩こり、腰痛、不安感、躁鬱《そううつ》といった様々な症状が表れるため、単純な気の方との鑑別が難しいともいわれている。

ましてや、お楽はとうの昔に五十路を超えている。

「湖月楼《こげつろう》の女将さんが血の道になったときには、手足が冷たいのに首の後ろがカッと熱くなることがあったと言ってたが、おかあさんはどうなのさ」

お葉はお楽に目を据《す》えた。

「いや、それはないんだけどさ……。とにかく、いろんなことが気になって眠れないのさ。眠れないもんだから身体が怠《だる》いし、頭痛がして、美味しそうなものを見ても、食べたいと思わなくなってさ……」

「おかあさん、何か心配事があるんじゃないのかえ？　だとすれば、それは血の道というより、心の問題だよ」

お葉にそう言われ、一瞬、お楽の目が宙を泳いだ。

「…………」

「やっぱり、何かあるんだね？　ちょいと小耳に挟んだのだけど、おかあさんは喜之屋を福助姐さんに譲ろうかって気になってるんだって？　いえね、そのことはいいんだ。おかあさんには子がいないんだから、いずれ誰かに喜之屋を託さなきゃなんない。そうなると、福助姐さんが最適だとあたしも思うよ。けど、まだ五年は早い！　隠居するのは六十路《むそじ》になってからでも遅くはないんだからさ」

お楽はふふっと自嘲《じちよう》するかのように、片頬で嗤《わら》った。

「もう、そんな噂《うわさ》が飛び交《か》ってるんだね……。けど、仕方がない。あたしが福助に喜之屋を継ぐ気はないかと訊ねたのは、本当なんだからさ。おまえが芸者でいてくれたら、あたしはおまえに喜之屋を譲るつもりだったんだよ。けど、おまえは日々堂の旦那に見初《みそ》められ、あっさりと芸者を辞《や》めちまった……。あたしはそれでもまだ、おまえに未練があってさ。というのも、旦那と所帯を持ったはいいが、半年やそこらで旦那に死なれちまっただろう？　正《まさ》な話、あのとき、あたしはおまえがまた芸者に戻ってくれるのじゃなかろうか、そしたら、今度こそ、喜之屋の跡目《あとめ》をおまえに譲ると言うつもりだったんだよ。けど、おまえは日々堂や清太郎を護るのは自分しかいない、旦那もきっとそれを望んでいるのだからと言って、日々堂に留《とど》まった……。あたしはさ、そんなおまえに拍手喝采《かつさい》を送りつつも寂しさを覚え、複雑な気持だったよ。ああ、喜久治は二度と戻って来てくれないって……。その時点で、完全に諦《あきら》めたんだよ。それで、福助に白羽《しらは》の矢を立てたんだが、許してくれるよね？」

「許すも何も、喜之屋を継ぐのは福助姐さんしかいないじゃないか。年若の喜久寿《きくじゆ》や市松《いちまつ》が喜之屋を背負《せお》うのは、十年早い……。だから、福助姐さんが継ぐことには異存はないんだよ。けどさ、そうするにしてもまだ少し早い気がしてさ。人ってね、現役を退くと、一気に焼廻《やきまわ》っちまうというからさ。現在《いま》だって、何もする気にならないとくじくじしているというのに、福助姐さんに女将の座を明け渡したら、おかあさんの居場所がなくなっちまうじゃないか！　だからさ、福助姐さんに女将の座を明け渡すにしても、それは、おかあさんがもう一遍《いっぺん》元気を取り戻してからでもいいのじゃないかえ？」

「そうなんだよね。それは解ってるんだけど……」

お楽はそこで言葉を切ると、辛《つら》そうに眉根《まゆね》を寄せた。

「…………」

お葉はお楽の言葉を待った。

が、お楽は何やら思い詰めているようで、なかなか言葉にしようとしない。

「お茶を淹れ替えようね」

お葉は長火鉢まで鉄瓶を取りに行くと、二番茶を注《つ》いだ。

「あたしさァ……」

ようやく、お楽が口を開いた。

「今まで誰にも言わなかったんだが、おまえにだけは打ち明けるよ。実はさ、あたしには子が一人いるんだよ」

えっと、お葉の手が止まった。

初耳だった。

「生きていれば、三十三歳になるかね……。あたしが芸者をしていた頃のことでね。その頃、あたしには好いた男《ひと》がいてさ。妻子持ちで、しかも、あたしを身請《みうけ》して妾《めかけ》にするほどの財力のない男だったが、それでも、惚れて惚れて、この男のためなら生命《いのち》を投げ出しても惜しくはないと思った……。むろん、喜之屋の先代はいい顔をしなくてさ。そんな甲斐性《かいしよう》のない男とは切れてしまえと迫られたんだよ。だから、あたしたちは人目を避けて裏茶屋這入《うらぢややばいり》（密会）をするようになってね。お腹に赤児《やや》が出来たと知ったときも、懸命に隠そうとしたのさ。中条流《ちゆうじよう》で子堕《こおろ》しが出来なくなるまで隠し通せば、その男も観念して、あたしを身請するだけの金を工面《くめん》してくれるのじゃなかろうかと思ってさ……」

「えっ、じゃ、おかあさんが赤児を産んだってことは、その男《ひと》は身請してくれたんだね？」

お葉が思わず槍《やり》を入れると、お楽は苦渋《くじゆう》に満ちた顔をして、首を振った。

「その男《ひと》ね、そのつもりになってはくれてたんだよ。けど、お腹の子が六月《むつき》に入り、もう世間の目をごまかせないってところまで来たときに、急死してしまってね。卒中だったと聞いてるけどさ……。先代はあたしのお腹にその男の赤児《やや》がいると知り、激怒してね。けど、子堕しをしようにも、すでに遅し……。結句、あたしは子を産むまで葛西《かさい》の百姓家に預けられることになり、生まれた子は産婆《さんば》の手で里子に出された……。男の子だったんだよ」

「じゃ、おかあさんはそれっきりその子に逢っていないと?」

お葉がお楽の顔を覗き込む。

「逢ってはいないさ……。逢ったことはないんだけど、それから十年ほどして、この深川であのときの産婆にばったり出会《でくわ》してね。その女《ひと》、左目の下に青痣《あおあざ》があったので憶《おぼ》えていたんだが、声をかけると、向こうもあたしのことを憶えていてくれてね。それで茶店に誘い、袖《そで》の下を使って、あのときの赤児《やや》がどこに貰われていったのか訊ねたんだよ。すると、日本橋檜物町《にほんばしひものちよう》の紅師《もみし》(紅花染《べにばなぞめ》の職人)の家に貰われて行ったというじゃないか……。もちろん、名前を聞き出そうとしたさ。けど、産婆が言うんだよ。おまえが産んだ子は、おまえの手を離れたその瞬間から、おまえの子でなくなったんだ、まかり間違っても、逢おうなどと思うんじゃない、現在《いま》、あの子は紅師の息子として、将来は一人前の紅師になるべく育てられてるんだから、その芽を摘《つ》むようなことをしてはならないって……。結句、紅師の名前も子の名前も教えてくれなかった……。けど、あたしはあの子が生きてるんだ、息災なんだと思うと嬉しくて、それを知っただけで満足としなくてはならないと思ってさ。それからのあたしは、子を産んだことすら忘れようと、そう努めてきた……。だからこれまでは、あたしの中には、あの子のことは微塵芥子《みじんけし》ほども残っちゃいなかったんだ。それなのに……」

お楽がぶるると肩を顫《ふる》わせる。

「思い出したんだね？」

「毎晩、枕許《まくらもと》で囁《ささや》くんだよ。おっかさん、おっかさんって……。そう、こうも言って泣くんだよ。おっかさん、なんでおいらを捨てたんだって……。十歳ほどの見たこともない男の子なんだけど、ああ、これがあたしが産んだ子に違いない、今頃になってあたしの前に現れて恨み言を言うのは、あの子が幸せじゃないからなんだ……、そう思うと、堪らなくなってさ……。おかしいだろう？　だって、生きていれば、あの子は今年三十三歳になってるんだよ。しかも、あたしは生まれたばかりの赤児《やや》を一度見たきりだというのに、現在《いま》になって、十歳ほどの子供の姿で現れ、恨み言を募《つの》るんだからさ」

ああ……、とお葉はと胸を突かれた。

お楽が産婆に里親が誰かと訊いたのが、その子が十歳のとき……。

お楽の中では、そこで子の記憶が止まってしまったのだ。

「せめて、現在《いま》、あの子が息災でいるのか、幸せに暮らしているのかが判ったら……。そしたら、あたしは安心して喜之屋を福助に託し、死んでいけるんだ」

お葉の顔からさっと色が失《う》せた。

「てんごうを！　何が安心して死んでいけるかよ！　大丈夫、おかあさんはまだ死にやしない。そうだ！　その子が現在《いま》も息災で、幸せに暮らしていると見定めるまで、自分は絶対に死ねないと思ったらいいんだよ。それが、おかあさんの生きる目標だ。さあ、どうした？　目標が出来たからには、いつまでもくじくじとしていられないよ！　もしかすると、いつの日にか、逢《おが》えるかもしれない。母子《おやこ》の名乗りが上げられなくても、遠目にそっと我が子の姿を拝むだけでもいいじゃないか！　ねっ、おかあさん、元気を出そうよ。解ったね？」

お葉がお楽の肩にそっと手をかけ、顔を覗き込む。

お楽はうんうんと頷いた。

「せめて、居場所だけでも判ったらね……。喜久治、おまえは顔が広いんだ。捜《さが》してくれるかえ？」

「ああ、解った。捜そうね」

お楽の気を鎮《しず》めようとそう答えたものの、お葉の胸はじくりと疼《うず》いた。

はたして、捜し出すことがお楽にとってよいことなのかどうか……。

お葉は胸に鉛《なまり》でも抱えたかのように、重く、暝《くら》い気分になった。


「そういうことなんだけど、捜しちゃもらえないだろうか」

お葉が申し訳なさそうに上目に窺うと、友七は蕗味噌を嘗めたような顔をした。

「日本橋檜物町の紅師というだけで、親の名前《なめえ》も判らなきゃ、貰われていった子の名前も判らねえんだろ?」

「そりゃそうなんだけど、紅師がそうざらざらいるってわけでもないし、貰われていった子は、現在三十三歳というんだもの……。親分なら、自身番に掛け合い、人別《にんべつ》帳《ちょう》を検《あらた》めることが可能だろ?　日本橋は親分の管轄《かんかつ》じゃないと知っているが、無理を聞いちゃもらえないだろうか」

お葉が縋《すが》るような目で友七を見る。

「まっ、出来ねえこともねえんだがよ。けど、その男を捜し出したとして、一体《いってえ》、どうするつもりよ。お楽は今さら母子《おやこ》の名乗りを上げる気じゃねえんだろ？　遠目に姿を見るだけといっても、そんなことをしたんじゃや、かえって、辛くなるんじゃねえのか？」

お葉も、そうなんだよね……、とつと差し俯《うつむ》く。

「あたしもさ、おかあさんがあんまし弱音《よわね》を吐くもんだから、つい、息子が幸せに暮らしているのを見定めるのをこれからの目標としていけって口走っちまったんだが、親分が言うように、本当にそんなことをしていいんだろうかとあれから逡巡《しゅんじゅん》してね。けどさ、おかあさんの胸にその子のことがずっと悔《く》いとして居坐《いすわ》っていて、今頃になって、夢や幻《まぼろし》となって責め立てるってんだもの、せめてその子が息災に暮らしていると知れば、少しは自責の念から免《まぬが》れるのじゃなかろうかと思ってさ……。その子が養父の跡《あと》を継ぎ、一人前の紅師になっているとすれば、三十三歳だもの、今頃は所帯を持って子の一人や二人はいるかもしれない……。終《つい》しか、家庭というものに縁のなかったおかあさんだもの、子や孫が常並な幸せを得ていると知れば、それだけで気が休まるのじゃないかと思ってね」

「けどよ、おめえはそう言うが、その子が幸せでなかったらどうするよ。第一《でえいち》、その子が紅師の許に貰われていき、先々は一人前の紅師になるべく育てられていることが判ったといってもよ、それは、餓鬼《がき》が十歳のときのことだろう？　その後どうなったかは判らねえんだ。質《しち》の流れと人の行く末は知れぬというが、人の世なんて、決して平坦なもんじゃねえからよ。十年先、いや、五年先のことだって、どう変わっていくかは誰にも判りはしねえんだ……。お葉、おめえだってそうだろうが。裕福な太物《ふともの》商《しょう》の一人娘として乳母日傘《おんばひがさ》で育てられたおめえだが、十歳のときに見世が身代限《しんだいかぎ》りをして、父親《てておや》の自裁、母親の失踪《しっそう》と立て続けに不幸に見舞われ、その後どうなったかはおめえが一番よく知っていることだろうが……。しかもよ、芸一筋で身を立てていこうとしたおめえの前《めえ》に、日々堂甚三郎が現れたのも、これまた、おめえにとっちゃ大きな転機だった……。なっ、こんなふうに、いいことも悪いことも、人間、一寸先《いっすん》のことは誰にも計《はか》れねえのよ。第一、紅師の養父がその後どうなったのか、その子が現在《いま》も養父の許にいるのかどうかも判らねえんだ。お楽に報告するにしても、とても話せるような状況でなかったら、むしろ、知らせねえほうがいい……」

友七がお葉を瞠《みっ》める。

「じゃ、親分は捜さないほうがいいと……」

「いや、そういうわけじゃねえんだがよ。ただ、最悪の場合も考えておかなくちゃならねえということでよ」

「………」

友七は継煙管《つぎキセル》に煙草《たばこ》を詰めると、火を点《つ》けた。

「親分の言うことは解ったよ。けど、結果がどうあれ、捜し出しておくれ。おかあさんがというより、あたしが気になるんだよ。だから、親分に調べてもらっても、おかあさんに報告するかどうかは、このあたしが決める……。いらぬおせせの蒲焼《かばやき》（余計な世話）と言われても構わない！　ただ、話を聞いたからには、じっとしているわけにはいかないんだよ」

「そうけえ、おめえがその気なら、俺《おり》ャ、もう何も言うことはねえ。おっ、ところで、今日は済まねえな！　お美濃の奴、つぶし島田《しまだ》に髷を結い、振袖を着て、まるで大店《おおだな》の娘みてェな顔をして、嬉しそうに出掛けて行ったそうじゃねえか」

友七が灰吹《はいふ》きに煙管の雁首《がんくび》を打ちつけ、目尻をでれりと下げてみせる。

「おちょうも見違えるほど粧《めか》しこんじまってさ。ああしてみると、二人ともちょいとした美印《びじるし》（美人）なんだ！　戸田さまが両手に華《はな》で、気の毒なほどに照れちまってさ……」

お葉は龍之介の脂下《やにさ》がった顔を思い出し、ぷっと噴《ふ》き出した。

「お文から聞いたが、あいつらのために芝居茶屋に桟敷席を予約してくれたんだってな？　俺がお美濃に娘らしい形《なり》をさせてやれと言い出したばかりに、おめえに大散財をさせることになっちまって、悪かったな……。俺《おり》ャ、そういうつもりで言ったわけじゃなかったんだが……」

友七が気を兼ねたようにお葉を見る。

「なに、たまのことじゃないか、いいってことさ！　それにさ、田《た》じま屋って芝居茶屋は馴染みの見世でね。何かと便宜《べんぎ》を図《はか》ってくれるんで、鶉桝《うずらます》に坐るよりも安心なんだ。かべすの心配もいらなくて、茶屋が弁当から番付まで、何から何まで手配してくれるからさ」

お葉が友七のために茶を淹れながら言う。

「かべすって……。ああ、菓子に弁当に寿司《すし》な！　鶉桝の客をかべすの客というのは、そこから来たんだってな？　芝居茶屋を通して入《へえ》った客が、木戸から入った客をそんなふうにひょうらかす（からかう）と聞いたが、おいおい、じゃ、お美濃たちはお大尽《だいじん》ってことになるじゃねえか！」

友七が目をまじくじさせる。

「なんてこった！　俺なんてよ、鶉桝にも坐ったことがねえというのによ……」

「おや、親分は一度も芝居見物をしたことがないと？」

「あるわけがねえだろうが！　岡っ引きが一日がかりで芝居を観てどうするってか！　ここで茶を飲むくれェの暇はあっても、呑気《のんき》に芝居なんて観ていられねえのよ。といっても、一遍だけ、中村座《なかむらざ》に入《へえ》ったことはあるがよ。それも、お尋ね者を捜して、大向《おおむ》こうから小屋全体を眺めただけで、そんときかかってたのがなんの芝居だったのか、それすら憶えちゃいねえ……」

友七が糞忌々《くそいまいま》しそうに、歯噛《はが》みする。

「そうだよね。御用の筋でそれでなくても忙しいというのに、あたしみたいに余計なことを頼む者もいるんだもんね。じゃ、悪かったかね？　日本橋くんだりまで脚を延ばしてくれと頼んだのは……」

お葉が恐縮し、友七を流し見る。

「いや、そういう意味で言ったんじゃねえんだ。いいってことよ！　おめえの頼みだ、委せときな。おめえにゃ、此度《こたび》もこうしてお美濃のことで世話になったんだ。この程度のことならお茶の子さいさいってなもんでよ。気にするんじゃねえぜ！」

「じゃ、頼みますね。急ぐわけじゃないんだ。手の空《す》いたときでいいからさ」

「ああ、呑込承知之助《のみこみしょうちのすけ》！　それで、お楽の容態はどうなんだ？　聞いた話じゃ、喜之屋の跡目を出居衆の福助に継がせるとか……」

お葉の胸がきやりと揺れた。

もう、親分の耳に入っているとは……。

「嫌だね、誤解しないで下さいな。別に、おかあさんの容態が芳《かんば》しくないから、福助姐さんに喜之屋を託すってことじゃないんだからね。おかあさんの病は血の道症……。病とも言えやしない！　ただ、さっきも言ったように、この頃うち、生まれてすぐに手放した子供のことが頭から離れなくなり、それでいささか気鬱の症状が酷《ひど》くなったというだけのことで、身体そのものは、どこがどうってこともないんだからさ……。そのことと、喜之屋を福助姐さんに託すってことは別の話なんだよ。けど、いつかは誰かに跡を託さなきゃなんない……。それには福助姐さんしかいないんだけど、あたしはまだ少し早いような気がしてさ。ことに、現在《いま》はおかあさんの状態がこんなだろ？　身を退くにしても、もっと心身共に元気なときでなければ、これじゃ、一気におかあさんが焼廻っちまう……。元々、気丈な女《ひと》だからさ。福助姐さんに置屋の女将の座を譲っても、おかあさんには凛然《りんぜん》としていてもらわなくちゃ！　置屋はね、あれで、家族なんだよ。だから、隠居したおかあさんを芸者衆《げいしゃし》は敬《うやま》わなくちゃならない……。そうして、皆に最期《さいご》を看取《みと》られて、次の代へと渡されていく……。おかあさんも先代にそうしてきたんだもの、だからこそ、おかあさんは毅然《きぜん》としていなくちゃならないし、福助姐さんたちから敬われなくちゃならない！　そのために、せめて気力だけでも取り戻させてあげたくてさ……」

お葉の声が涙声になる。

「おめえよォ、本当に、お楽のことが好きなんだな」

友七がしみじみとしたように言う。

「ああ、好きだよ。決まってるじゃないか！　あたしが親分の紹介で喜之屋に入ったのが、十歳のとき……。芸事を身につけ、これからは他人《ひと》に頼らず自分の力で生きていくんだと心に誓ったが、なんといっても、子供だもの……。辛くて寂しくて、泣きたいこともあったけど、おかあさんはいつもそんなあたしを支えてくれたんだ。自信を持て、おまえの三味線《しやみ》は一頭地《いつとうち》を抜いてるんだ、男に媚《こ》びなくても芸だけでやっていけるってところを世間に見せてやれって、じょなめいたり男に汐の目を送るのが苦手なあたしを、そう言って励ましてくれてさ……。ああ、解ってくれてる女《ひと》がいるんだと思うと、繰言《くりごと》なんか言っちゃいられない、一日も早く、深川に三味線の名手喜久治ありと言われるように、いっそう、励まなきゃと勇気が出てさ……。あたし、実の母親には捨てられたけど、そのお陰で、天下一の母親に恵まれたんだよ！　あの女《ひと》はおっかさんって雰囲気じゃなかったけど、厳しい中にも凜とした優しさがあってさ。

だから、あの女《ひと》には最期まで毅然としていてほしいんだよ」

友七が目を細める。

「おめえの気持はよく解った。お葉よ、安心しな。俺が必ずお楽の息子を見つけてやるからよ!」

友七とお葉は瞠め合った。

有難うよ、親分……。

おかあさんがおっかさんなら、親分、おまえはあっちのおとっつァんだ!

そう言葉に出して言いたかったが、代わりに、お葉の頬をつっと一筋の涙が伝い落ちた。


友七の行動は早かった。

どうやら、日々堂を出てすぐに日本橋檜物町に廻ったらしく、夕刻にはお楽の息子の消息についてわかったことを知らせに来たのである。

「親分の早業《はやわざ》には驚いちまったよ。電光石火《でんこうせっか》とは、まさにこのことだ!」

お葉は労を犒《ねぎら》うのも忘れ、驚きの声を上げた。

「なに、大川端町《おおかわばたちょう》に用があったもんだから、ついでに青物町《あおものちょう》の親分に渡《わたり》をつけてもらったのよ。それで自身番で人別帳を見せてもらったんだが、造作《ぞうさ》はなかったぜ。というのも、檜物町で紅師といえば、二人しかいねえのよ。そのうち、三十二年前《めえ》に男児の出生届があったのは、紅師の半次郎《はんじろう》でよ。半次郎は元吉《もときち》という男の子を我が子と届け出て、周囲《まわり》の者には、嬶《かかあ》に内緒で余所《よそ》の女ごに産ませた子だと嘯《うそぶ》いていたそうだが、半次郎は仕事一筋の男で、外の女ごに子を孕《はら》ませるような男じゃねえ……。それで、近所の者は騙《だま》された振りをしていたというのよ。元吉はそれこそ実の息子のように可愛《かわい》がられていたそうでよ。将来は半次郎の跡を継ぎ、腕のよい紅師になるのだろうと、誰もがそう思っていたというからよ。ところが、十歳のとき、ある朝、半次郎の女房が目覚めてみると、元吉の姿が見当たらねえ……。それで、厠《かわや》にでも行ったのだろうと様子を見に行こうとして、仕事場の紅花を浸《ひた》した桶《おけ》に元吉が頭を突っ込み溺死《できし》しているのを発見してよ……」

「なんだって！　死んだというのかえ？」

お葉は絶句した。

まさか、そんな……。

紅花を浸した桶に頭を突っ込むなんて、なぜ、そんなことに……。

「おめえが不審に思うのも無理はねえ……。桶と言っても水甕《みずがめ》ほどの大きさだからよ。ところが、元吉の額《ひたい》に何かにぶつけたような傷があってよ。あの界隈《かいわい》を縄張りとする惣次《そうじ》親分の話では、厠に行こうとした元吉が何かに躓《つまず》いて桶に額をぶっつけ、そのまま頭を突っ込んだのじゃなかろうかってことでよ……。要するに、気を失った状態で、溺死したのよ」

「そんな莫迦《ばか》な……」

「人は手桶一杯《ておけいっぺえ》の水でも溺死するというからよ。半次郎も女房もそれこそ半狂乱になって、以来、仕事が手につかなくなったそうでよ。半次郎は元吉になぜもっと注意を払ってやらなかったのだろうかと自分を責めて、酒を飲んで辛さから逃げようとしたらしいのよ。ところが、元々成る口（いける口）じゃねえ者が浴びるほど酒を飲むもんだから、たちまち、酒毒《しゅどく》に冒《おか》されてよ。元吉が亡くなって三年後、吐いたものを喉《のど》に詰まらせて死んじまったというのよ。元吉が亡くなってすぐに離縁した女房の行方《ゆくえ》はそれっきり判らねえそうでよ。辛《つれ》ェ話だが、これが真相だ」

「…………」

「俺も信じたくはなかったぜ。だが、産婆が言った日本橋檜物町の紅師の許に貰われて行ったという話が本当だとすれば、お楽が産んだ子はもうこの世にゃいねえってことでよ……。ただよ、元吉という子は十歳で溺死するまでは、半次郎夫婦に目の中に入れても痛くねえほどに可愛がられていたというからよ。せめて、それが救いと思わなくちゃな……。人には生まれ持った宿命《さだめ》というものがある。元吉は九年という短《みじけ》ェ間しか生きられなかったが、その九年を双親《ふたおや》の庇護《ひご》の下《もと》、目一杯生きたのだからよ。お楽が幸せに生きてくれればと言ったというが、元吉は幸せだったんだよ。お楽が他人《ひと》の目を欺《あざむ》いてまで産んでやったからこそ、九年とはいえ、幸せな人生を送ることが出来たんだからよ」

「じゃ、なぜ、その子はおかあさんの枕許に出て来て、責めるんだろう。感謝したっていいじゃないか……」

お葉がもどかしそうに呟く。

友七はあっと息を呑《の》んだ。

「お葉、それだぜ！　俺《おり》ャ、正な話、おめえからお楽の枕許に十歳くらいの男の子が出て囁いたという話を信じちゃいなかったんだが、今、解ったぜ。違《ちげ》ェねえ！　その子は元吉なんだよ。元吉は十歳で死んだだろ？　それで、そのことを産みの親に伝えたくて、出て来た……。お楽はその子がなんでおいらを捨てたのかと責めたというが、そうじゃねえんだ！　むしろ、産んでくれて有難うと感謝したかったんだよ。お楽が産んでやったからこそ、元吉は半次郎の下で我が子として可愛がられたんだからよ……。それを責められたと受け止めたのは、お楽に負い目があり、悔いる心がそうさせたのじゃなかろうか……。俺ャよ、これまで迷信とか霊魂というものを微塵芥子ほども信じちゃいなかったが、もしかすると、理屈じゃ説明のつかねえことが起きるのかもしれねえと、なんだか、そんな気分になってきたぜ……」

なぜかしら、お葉も納得したような気がして相槌《あいづち》を打った。

「元吉って子が感謝のつもりでおかあさんの枕許に現れたというのなら、なんとなく解るような気がするね。ああ、きっと、そうなんだ……。ねっ親分、元吉って子が死んだことをおかあさんに告げるのがあまりにも辛いんで、捜したけど見つからなかったと嘘《うそ》を吐《つ》こうかと迷ってたんだけど、ありのままを話したほうがいいよね？　おかあさんには元吉が十歳まで半次郎夫婦の下で可愛がられ、幸せに暮らしていたことを告げ、だから亡くなってからも、この世に送り出してくれたおかあさんに感謝しているんだよって言ってやるほうがいいよね？　あたしが同じ立場なら、本当のことを知りたいと思うもの……。本当のことを知ったうえで、待っていておくれよ、あたしがあの世に行ったら、今度こそ、母子《おやこ》として仲良く暮らそうねって冥福を祈ってやりたい……。けど、そのためには、残りの人生に悔いのない生き方をしなくちゃなんない……。それでなきゃ、胸を張って息子に逢いに行けないじゃないか！　おかあさんにはこの世でまだやらなきゃならないことが残っているし、他人《ひと》から必要とされてるんだもの……」

「おう、よく言った！　それでこそ、おめえだぜ。で、いつ知らせる？」

「今日はもう遅いから、明日にするよ」

「ところで、お美濃たちはまだ帰《けえ》って来ねえのかよ」

「だって、まだ、七ツ半（午後五時）だよ。六ツ（午後六時）に小屋を出たとしても、芝居茶屋が夕餉膳《ゆうげぜん》を仕度して待ってるからさ。食事を済ませて、それから帰路についたとして、さあ、永代橋に着くのは五ツ半（午後九時）になるんじゃなかろうか……。そのつもりで、今宵《こよい》は戸田さまとおちょうの夕餉膳は仕度しないことにしてると、おはまが言ってたからさ」

「そうけえ。じゃ、俺はひと足先に帰《けえ》るぜ。なんだか、くたびれちまった……」

友七が生欠伸《なまあくび》をする。

「済まなかったね、忙しい中、日本橋くんだりまで行かせちまって。今日の礼は改めてさせてもらうよ」

「止《よ》せやい！　礼なんて……。水臭《みずくせ》ェことを言うもんじゃねえや。礼をしなくちゃなんねえのはこっちのほうでよ。これで、おあいことしようじゃねえか！」

「おかたじけ！」

友七は照れ笑いをして、古手屋へと帰って行った。

厨では、夕餉の仕度で大わらわのようである。

おちょうが抜けた分だけ、忙しさも一入《ひとしお》なのだろう。

お葉は厨に入ると、くるりと肩に襷《たすき》を廻した。

おはまばかりか、お端女のおせいやおつなまでが、狐《きつね》につままれたような顔をする。

「女将さん、一体、何をするつもりで……」

おはまが訝《いぶか》しそうに訊ねる。

「おちょうが抜けて、さぞや忙しいだろうと思ってさ。助《す》けるから、何をしたらいいのか言っとくれ！」

お葉がそう言うと、おはまが慌てて手を振った。

「女将さんは何もしなくていいんですよ！　茶の間に戻っていて下さいよ」

「けど、おまえ……。あっ、おつな、お香々《こうこ》を切るんだね？　じゃ、それをあたしが

「……」

そう言うと、お葉が土間に下りようとする。

「女将さん、本当にいいから下がっていて下さいな。女将さんに手を出されると、かえって、足手纏《あしでまと》いになっちまう」

おはまが甲張った声で制す。

するとおせいまでが眉根を寄せて、気を兼ねたように言う。

「ほら、また指を切ってもいけませんからね。おはまさんが言うように、女将さんはお茶でも飲んでいて下さいな」

なんだえ、皆して……。

お葉は不服そうに唇を窄《すぼ》めた。

と、そのとき、茶の間から清太郎の声が聞こえてきた。

「なんだ、誰もいないの？　つまンないのォ……」

どうやら、清太郎も今日は龍之介と過ごせないので不貞腐《ふてくさ》れているとみえる。

「清太郎、おっかさんはここだよ！　今、行くからさ！」

お葉は救いの神が現れたとばかりに、いそいそと茶の間に戻った。

「先生がいないと、やっぱ、つまんないや！　やっとうの稽古も休みだし、敬ちゃんも今日は塾に行っていて、誰もおいらの相手をしてくれないんだもん……」

清太郎が夕餉を食べながら、不貞たように呟く。

「敬吾さんが明成塾《めいせいじゆく》に通うようになって、もう半年が経つんだね。戸田さまが言ってたが、明成塾は誰でもが入れる塾じゃないんだってね？　あそこに入塾が許されたってことは、昌平坂《しようへいざか》学問所に一歩近づいたってことだとか……。きっと、頭脳明晰《めいせき》な若者に囲まれて、敬吾さんも遊ぶ暇がないんだろうさ」

お葉が付けだれの入った小鉢に鱈《たら》や豆腐《とうふ》を取り分け、清太郎の膳《ぜん》に載せる。

「おいら、食いたくねえ！　だって、酸っぱいんだもん」

清太郎は小鉢を押し返すと、食べかけの磯菜卵《いそなたまご》をご飯の上にかけ、箸《はし》で混ぜると卵かけご飯の要領で掻《か》き込んだ。

なるほど、磯菜卵は半熟状にした卵に煎《い》り酒（酒に梅干《うめぼし》、塩を入れて煮つめ、煮立ったところに削り鰹《けずりがつお》を加えて漉《こ》す）をかけ、その上にもみ海苔《のり》を散らしたもので、ご飯の上にかければ、変形卵かけご飯……。

生卵と違って、また別の風味合《ふうみあい》が愉しめるかもしれない。

今宵のお菜《さい》は、鱈のみぞれ鍋に磯菜卵……。

鱈のみぞれ鍋は出汁の中にたっぷりのおろし大根を入れ、その中に、鱈、豆腐、長葱、春菊《しゅんぎく》を入れて、醬油《しょうゆ》、酢橘《すだち》の搾《しぼ》り汁に浸して食べる。

冬の夜には身体が温まり、さっぱりとして食の進む鍋だが、子供の清太郎には物足りなかったようである。

「清坊、好き嫌いをするもんじゃねえ！　そんなんじゃ、大きくならねえぜ」

正蔵が鍋から葱や春菊を自分の小鉢に取り分けながら、顔を顰《しか》める。

「なんだえ、戸田さまが一緒だと食べるくせしてさ。いいさ、食べたくないというものを、無理して食べることはないんだから……。けど、いつもいる人の顔が見えないというだけで、こんなにも寂しいものかね」

「ことに、みぞれ鍋は戸田さまの好物だからよ。今日は鱈だが、鯖《さば》や魴鮄《ほうぼう》、牡蠣《かき》と、中身は違ってもみぞれ鍋にするとなんでも、美味《うめ》ェ、美味ェと言ってお代わりをなさったからよ。今頃、おちょうたちは芝居茶屋で何を食ってるんだろうか……。ああ、羨《うらや》ましい限りだぜ！　あっしなんぞ、生涯《しょうげえ》、縁のねえところだからよ」

正蔵がそう言ったときである。

厨がざわめいた。

「おちょう、まあ、戸田さまも……。えっ、もう帰ったんですか?」

おはまが甲張ったように鳴り立てている。

なんだって……。

お葉は訝しそうに正蔵を見やり、厨へと急いだ。

厨の土間に、龍之介とおちょうがバツの悪そうな顔をして立っていた。

「それが、お美濃ちゃんがどうしても帰りたいと言うもんだから……」

龍之介はそう言うと、なあ?　と傍《かたわ》らのおちょうを流し見た。

おちょうが戸惑ったような顔をして頷く。

「一体、何があったというんだえ?　今時分帰って来たってことは、えっ、芝居の途中で小屋を出たってことかえ……」

お葉が二人の傍に寄って行く。

「いや、芝居は最後まで観たんだよ。茶屋の男衆《おとこし》が迎えに来て、茶屋に行こうと小屋を出たところで、お美濃ちゃんが立ち竦んじまってさ……。どうやら、誰かの姿を見かけたようなんだが、それからは、今すぐ帰りたいと言い張るばかりで、誰を見たのか、なぜ帰りたいのかと訊ねても首を振るばかりで……。それで、男衆に断りを入れて、帰って来たんだがよ」

龍之介が困《こう》じ果てたような顔をする。

「せっかく、芝居茶屋でご馳走《ちそう》が食べられると思っていたのに……。ああ、お腹が空いちゃった！　おっかさん、早く何か食べさせてよ」

おちょうは不満たらたらである。

「えっ、だって、おまえと戸田さまは今宵の夕餉膳は要らないと思って、仕度をしていないんだよ」

おはまが途方に暮れたような顔をする。

「もう少し早ければ、あたしたちのお菜を分けることも出来たけど、もう皆食っちまった後だからね。女将さん、茶の間のほうはどうですか？」

おはまがお葉を窺う。

お葉は、いやっと首を振った。

清太郎が食べなかったみぞれ鍋が少し残っているが、まさか、龍之介にそれを食べろとは言えないではないか……。

「じゃ、もう少し待ってくれるかい？　これから急いで何か作るからさ」

おはまが下駄《げた》を鳴らして、野菜籠《かご》のほうへと寄って行く。

すると、洗い物をしていたおせいが慌てておはまに耳打ちした。

「なんだって！　ご飯がもう残っていないだって？　これからご飯を炊《た》くとなったら時間がかかるじゃないか。そうだ、乾麺《かんめん》があったっけ……。饂飩でも湯がこうか？」

「おはまさん、いいよ。俺とおちょうちゃんはそこらの屋台店にでも行って来るからさ。まだ蕎麦屋も煮売屋《にうりや》も店仕舞いしていないようだったからよ。なっ、おちょうちゃん、そうしようじゃないか」

龍之介が割って入り、おちょうに目まじする。

おちょうは蕎麦屋と聞いて、目を輝かせた。

日頃から躾《しつけ》に厳しいおはまは、おちょうが外で食事をするのを極端に嫌った。

それも、深川祭で通りにずらりと居並ぶ屋台店の綿菓子《わたがし》や水飴《みずあめ》にも眉根を寄せるときて、これまで、おちょうは屋台のおでんや握り寿司、田楽《でんがく》にどんなにか憧《あこが》れたことだろう。

「いい？　おっかさん……」

おちょうが怖々《こわごわ》とおはまを窺う。

「じゃ、あたしもそこまで一緒しようか。何があったのか気になるからね。おはま、ちょいと友七親分のところに行って来るから、清太郎を頼むよ」

お葉は水口から出て行く龍之介たちを見送り、表口へと廻った。

表口の潜《くぐ》り戸《ど》から外に出ると、なんと、粉雪《こなゆき》が舞っているではないか……。

「いつ、降り出したのかえ？」

お葉が提灯《ちょうちん》を翳《かざ》し、粉雪の舞いに目を細める。

「舟から降りたとき、ちらちらと舞っていたように思ったが、こんなに降ってるとは……」

「傘を持ったほうがいいのじゃないかえ？」

「いや、蕎麦を食うだけだし、この程度なら、なくても構いませんよ。女将さんこそ、お持ちになったほうが……」

「なに、掘割を渡れば、古手屋はすぐそこだ」

「じゃ、お美濃ちゃんのことを頼みます。俺の力不足で、女将さんにまで心配をかけることになり、申し訳ない……」

龍之介が頭を下げる。

「いいから、さっ、早く蕎麦を食って来な！」

お葉は二人を追い立てると、古手屋へと向かった。

古手屋では、ちょうど、小僧が店仕舞いをしているときだった。

「いいかえ?」

訪《おとな》いを入れると、小僧は慌てて奥に知らせに走った。

友七が待っていましたとばかりに、店先に出て来る。

「おう、よく来てくれた。今、小僧におまえさんを呼びに行かせようと思っていたところなんだ。さっ、上がんな!」

友七に促され茶の間に入ると、お文がお美濃の肩を抱き、背中を擦《さす》ってやっていた。

「よく辛抱したね。おっかさん、嬉しいよ。もういい、もう泣かなくていい……」

お文がお美濃の耳許《みみもと》に囁いている。

「お文、日々堂の女将が来て下さったぜ。茶を淹れな」

友七が声をかけると、お文はハッと振り返った。

「女将さん……。戸田さまに聞かれたでしょう? 申し訳ありません。せっかく、女将さんが芝居茶屋を手配して下さったのに、お美濃ったら、食事もしないで帰って来ちゃって……」

お文は飛蝗《ばった》のように、何度も腰を折った。

「いいんだよ、そんなことは……。それより、一体、何があったというんだよ」

「それよ……」

友七が長火鉢の傍に寄って来て、どかりと腰を下ろす。

「芝居を観終え、茶屋の男衆に案内されて小屋の外に出たところで、別の茶屋の男衆に導《みちび》かれて出て来た、河津屋周三郎の姿が目に入ったというのよ」

まあ……、とお葉は息を呑んだ。

河津屋周三郎はお美濃が刃傷《にんじょう》に及んだ、実の父親である。

周三郎は取り巻きらしきお店者《たなもの》と芸者二人を従えていたそうで、お美濃と目が合うと、一瞬狼狽《うろた》えたが、すぐに不遜《ふそん》な笑みを浮かべ、傍らの女ご二人に何やら囁いた。

すると、女ごたちの視線が一斉にお美濃に向けられ、くすくすと肩を揺らして嗤い始めたのである。

「おそらく、あの女ごは御帳付《ごちょうつ》き（前科者）だ、大店の娘みてェに粧し込んでるが、騙されるんじゃねえぜ、とでも言ったんだろうて……。お美濃は居ても立ってもいられなくなったそうでよ。だが、戸田さまやおちょうが傍にいるもんだから、取り乱しちゃなんねえし、悟《さと》られてもならねえ……。お美濃は一刻も早くその場を離れたかったそうでよ。戸田さまやおちょうに悪いことをしたって、泣くのよ」

友七は辛そうに太息を吐いた。

「そうなんだよ。この娘《こ》ったら、罰《ばち》が当たったんだ、あたしには振袖を着て品《ひん》をする(上品ぶる)ことも、芝居見物も分《ぶん》不相応だったんだ、これからは、おとっつァんやおっかさんの傍を離れないと言ってさ……。けど、河津屋の旦那《だんな》って、どういう了見なんだえ！　お美濃は自分の娘だよ？　いくらお美濃に刺されたからって、それはあの男が河津屋の後家《ごけ》に取り入り、女房や子を捨て、体《てい》よく婿《むこ》の座に収まったからじゃないか！　それなのに、知らなかったとはいえ、あの男は自分の娘に愛妾《めかけ》になれと迫ったんだからさ……。しかもだよ、お美濃が刺した理由が判ってからも、あの男は自分が娘をそこまで追い込んだとは微塵芥子ほども思っちゃいない！　そればかりか、この期《ご》に及んで、まだ愚弄《ぐろう》しようとするんだからさ。あたしは絶対あの男が許せない！」

お文が忌々しそうに唇を嚙《か》む。

「もう、いいの。おっかさん、あたしはあの男《ひと》を父親《てておや》とは思っていないんだから……。現在《いま》は、束《つか》の間《ま》にせよ、あの男に淡い期待を抱いたことが悔《くや》しいだけなの。でも、もういいんだ。あたしにはこんなに優しいおとっつァんやおっかさんがいるんだもの。だから、もうどこにも出掛けなくてもいいの……」

お美濃が手拭《てぬぐい》で涙を拭《ぬぐ》いながら言う。

「お美濃ちゃん、それは違うよ。逃げちゃならないんだ！　確かに、外に出れば、また河津屋の旦那に出会《でくわ》すかもしれないし、あの事件を知った者からは後ろ指を指《さ》されるかもしれない……。けど、逃げていては何も解決がつかないし、生涯、お美濃ちゃんは人目を避けて生きていかなきゃならなくなるんだよ。そんなことは、おとっつァんやおっかさんは望んじゃいない！　お美濃ちゃんに娘として常並な暮らしをさせたいんだよ。だから、強くならなきゃ！　河津屋の旦那を刺したことは三十日の過怠牢舎で償《つぐな》ったんだもの、これからは、堂々と胸を張って生きていくんだよ。お美濃ちゃんには出来る！　きっと、出来るからさ」

お葉は諄々《じゅんじゅん》と諭《さと》すように言った。

「そうでェ、女将の言うとおり……。お美濃、俺たちがついてるぜ。負けるんじゃねえ！　おっ、それから、一つだけ褒《ほ》めてやらァ。おめえ、よく、皆の前で取り乱すことなく、堪《た》え忍んだよな……。戸田さまやおちょうの前で取り乱したり涙を見せるようなことをしたら、二人に心配をかけると思ったんだよな？　偉《えれ》ェぞ！　俺たちの前で泣く分には構わねえ。思いっ切り、泣けばいいんだからよ」

友七が愛《いと》しそうにお美濃を見る。

「けど、あたしが帰りたいと言ったばかりに、おちょうちゃんの愉しみを奪っちまった……。おちょうちゃん、あんなに芝居茶屋で夕餉を食べるのを愉しみにしていたのに……」

　お美濃は鼠鳴《ねずみな》きするような声で呟いた。

「芝居茶屋でなくったって、馳走ならいくらでも食べられるさ。まっ、今宵は、戸田さまと二人で蕎麦屋に行ったけどさ」

「夕餉といえば、おい、うちの夕餉はどうなってるんだ？　さっきから、ひ、ひだるくって（腹が空いて）しょうがねえんだ……。お美濃も食ってねえんだから、早く、何か食わせろや」

　友七が思い出したように、空腹を訴える。

「ほい来た！　そんなこともあろうかと、昼間のうちに屋台寿司を買っておいたのさ。いえね、此の中、ずっと賄《まかな》いはお美濃がしてくれてただろ？　それで、作るのが面倒なもんだから、屋台寿司を買っておいたんだよ。お美濃が帰って来てから夜食に摘《つま》むかもしれないと、多めに買っておいたから、女将さんもいかがです？　あら、嫌だ……。お茶を淹れるのを忘れちまって……」

　お文がいそいそと厨に寿司を取りに行く。

　お葉は夕餉を済ませてきたのでと断りを入れ、古手屋を後にした。

雪はまだ降りしきっていた。

古手屋で借りた傘を差し、雪の積もった橋を渡りかける。

人通りの絶えた町並は、物音ひとつ立てようとしなかった。

が、耳を澄ませば、闇《やみ》に紛《まぎ》れて、しん、しん、しん……。

囁くように雪の声が聞こえてくる。

お美濃の負った心の疵《きず》は、思った以上に深いのかもしれない。

そして、お楽……。

明日、お楽に元吉のことを告げるとして、お楽は一体どんな反応を見せるのであろうか……。

雪が、胸の中にも吹き荒《すさ》んでくるようである。

お葉は一歩、また一歩と、降り積もる雪を踏み締めながら、黒江町へと戻って行った。

藪《やぶ》入《い》り

「戸田さま！　まあ、やっぱり戸田さまじゃないですか……」

万年橋《まんねんばし》を渡ろうとした龍之介は、背後から声をかけられ、ハッと振り向いた。

おぬいが小走りに駆け寄って来る。

「おう、おぬいさんか。久し振りだのっ。元気にしてたか？」

「久し振りではないでしょうが！　戸田さまったら薄情なんだから……。奥川町の裏《うら》店《だな》を出るとき、おまえさん、なんて言ったと思う？　引っ越すといったところで、蛤町と奥川町は目と鼻の先なんだから、里帰りと思ってちょくちょく顔を出す、おぬい、そのときは美味《うま》いものをうんと食わせろよって、そう言ったじゃないですか！　それなのに、蛤町の仕舞《しも》た屋に移ったが最後、あたしら裏店の連中には洟《はな》も引っかけてくれないんだからさ」

おぬいが不満の色も露《あら》わに、唇を尖《とが》らせる。

「おっ、そうだったっけ？　いや、一度、皆がどうしているかとご機嫌伺《うかが》いに顔を出したんだが、おぬいさんが留守をしていたんだよ」

「あたしが留守って……。だったら、また別の日に出直せばいいじゃないか！」

「済まん。なんせ、忙しくしているものでよ。道場からの帰りにでも、ちょいと奥川《おくがわ》橋《ばし》を渡ればいいんだろうが、それがなかなか出来なくて……」

「ええ、ええ、奥川町はさぞや遠ォござんすからね！　おてるちゃんたちも出ちまったし、此《こ》の中《じゅう》、裏店の顔ぶれも様変わりをしちまってさ……。あっ、そう言えば、おてるちゃん、入船町の葉茶屋問屋米倉の養女になったんだってね？　まあ、どこに福が転がっているか分からないもんだね。あの娘《こ》、これまでさんざっぱら苦労してきたけど、大店《おおだな》のお嬢さまになれたんだもの……。あたしさァ、風の便りにそんな噂《うわさ》を耳にして、正直の果報は寝て待てというが、本当なんだなって思ってさァ……。けど、水臭いじゃないか！　そんなめでたい話を風の便りで耳にしなくちゃならないんだからさ……。憚《はばか》りながら、あたしはあの娘《こ》のおっかさんのつもりでいたんだよ。病のおとっつァんを抱え、弟たちの世話で夜の目も寝ずに働くあの娘《こ》を気遣《きづか》い、これまであたしに出来る限りの援助をしてきたつもりなのに、養女に行くなら行くで、ひと言、本人から挨拶《あいさつ》があってもいいと思ってさ……。ねっ、戸田さまもそう思わないかえ？」


龍之介は、やれと太息《ふといき》を吐《つ》いた。

黙って聞いていれば、おぬいの繰言《くりごと》は方図《ほうず》がない（際限がない）。

龍之介はわざとらしく咳《しわぶき》を打った。

が、おぬいは意に介《かい》さずとばかりに続けた。

「そりゃさ、米倉の養女ともなれば、これまでのように気軽に裏店出入りは出来ないだろうけどさ……。いえね、誤解しないで下さいよ。あたしは別に礼を言ってもらおうと思ってるわけじゃないんですからね。たださァ、気持の問題なんだよ、気持の……」

「まあな。だがよ、おてるちゃんにも米倉に対してまだ遠慮があるんだろうし、そう悪し様《あざま》に言ってやるもんじゃない。ところで、おぬいさん、こんなところで何をしてるんだい？」

龍之介が機転を利《き》かせ、話題を変える。

あっと、おぬいは背後を振り返り、柳の木の下に佇《たたず》む男の子を手招きした。

男の子が含羞《はにか》んだように、身体《からだ》をすじりもじりとさせながら寄って来る。

なんと、おぬいの一人息子、亮吉《りょうきち》ではないか……。

「何やってんだよ。早くおいでったら、まったく、愚図《ぐず》なんだからさァ！」

おぬいが気を兼ねたように言う。

「おう、亮吉ではないか……。ちょいと見ない間に大きくなったな。で、幾《いく》つになった？」

龍之介に訊《き》かれ、亮吉は照れたように面伏《おもぶ》せた。

「十五歳ですよ。まあ、図体《ずうたい》ばかしでっかくなっちまってさ。ところが、相変わらず、こっちのほうは空《から》っぽでさ！」

おぬいが指先を頭に当て、くるりと円を描いてみせる。

「ほう、十五になったか……。そいつは親父《おやじ》さんも愉《たの》しみよのっ。では、一緒に塩売りに出ているのか？」

おぬいは鼻の頭に皺《しわ》を寄せ、大仰《おおぎょう》に肩を竦《すく》めてみせた。

「それが出来たら言うことはないんですけどね……。塩売りなんて簡単そうにみえて、これがなかなか……。なんせ、細金《こまがね》を扱《あつか》う仕事でしょ？　一度だけ、亭主が商《あきな》いに連れてったんですがね、一度で懲《こ》りたとみえ、匙《さじ》を投げちまったんですよ。それで、日々堂の女将《おかみ》さんに相談したところ、亮吉のことを大層案じて下さり、去年の夏から、清住町《きよずみちょう》の経師屋《きょうじや》に小僧として奉公に上がってるんですよ」

龍之介には初耳のことだった。

「ほう、経師屋に……」

「この子、手先だけは器用でしてね。それで、人が十年かかるところを倍の二十年もかければ、襖《ふすま》の一枚でも貼れるようになるのじゃなかろうかと思ってさ……。まっ、現在《いま》は雑用しかやらせてもらっていないんだろうけど、あたしにしてみれば、狭い家の中で図体の大きいのにごろごろされるよりいいかと思ってさ……。それもこれも、日々堂の女将さんの口利《くちき》きがあったればこそ！　それでなきゃ、こんなべら作をどこも雇《やと》っちゃくれませんよ」

おぬいは憎体《にくてい》に言うが、口とは裏腹に、おぬいは亮吉が愛《いと》しくて堪《たま》らないのだと龍之介には解《わか》っていた。

亮吉は、塩売りの松造《まつぞう》とおぬいの一人息子である。

確か、おぬいが三十路《みそじ》も半《なか》ばになってやっと生まれた子と聞いているが、亮吉は生まれたときから物わかりが人より悪く、身体こそ十七、八歳に見えても、精神年齢は七歳ほどの子と変わりはしなかった。

しかも、おぬいが不憫《ふびん》がって猫っ可愛《かわい》がりをして外に出さないものだから、ますます小心者となり、亮吉は他人《ひと》とまともに会話も出来ない始末なのだった。

龍之介も奥川町の裏店にいる頃、何度かおぬいに諫言《かんげん》したことがある。

「おぬいさんよ、亮吉を不憫に思う気持はよく解る。人前に出せば苛《いじ》められるのじゃなかろうかと、そうして、おまえが亮吉を庇《かば》い、片時も傍《そば》から離したがらない気持も解る。だがよ、おまえさん、いつまで亮吉の傍についていてやれると思う？　いつの日にか、必ずや、護ってやりたくともそれが出来なくなるときがやって来るんだ……。そのときになって、亮吉が自立できていなかったら、一体どうする？　路頭に迷うことになるんだぜ。だから、獅子《しし》が千仞《せんじん》の谷に我が子を突き落とす気で、心を鬼にして、亮吉に自立を促《うなが》さないでどうするかよ！」

龍之介がそう言うと、毎度、おぬいは泣き出しそうな顔をした。

「解ってる、解ってるんだよ……。けどさ、あたしがあんなうんつく（間抜け）を産んじまったばかりに、あの子が不憫でさァ……」

おぬいの想《おも》いは複雑なようで、亮吉のことを自《みずか》らは言いたい放題に扱《こ》き下ろすくせして、他人《ひと》から悪し様に言われようものなら、ムキになってかかっていく。

「亮吉ほど純粋で心さらな子はいないんだ！　あの子はね、いつまでも無垢《むく》な心を失わないようにと、神仏が特別に創《つく》って下さったんだ！　文句があるのなら、神仏に言っとくれ！」

と、こんな具合であるから、次第に周囲《まわり》も触らぬ神に祟《たた》りなしとばかりに無視するようになり、亮吉はますます孤立することとなったのだった。

だが、お葉が亮吉のことを気にかけていたとは……。

龍之介は胸を衝《つ》く熱いものを呑《の》み込み、亮吉に笑《え》みを送った。

「亮吉、偉《えれ》ェな！ うんと我勢《がせい》して（まじめに頑張って）、一日も早く、一人前の経師屋になるんだぜ。で、二人してなんでこんなところにいるんだ？」

おぬいは嬉《うれ》しそうに頰《ほお》を弛《ゆる》めた。

「嫌だ、戸田さまったら！ 今日が藪入《やぶい》りってことをお忘れなんですか？ いえね、この子が達磨屋《だるまや》に入ったのが去年の盆過ぎで、今日が初めての藪入りなんですよ。それで、何か美味《おい》しいものでも食べさせてやろうと思い、迎えに来たついでに、海辺大工町の魚屋を覗《のぞ》いてみようと思ってさ」

おぬいがポンと帯を叩《たた》く。

どうやら、大枚《たいまい》を叩《はた》くつもりのようである。

「そうか、今日は藪入りだったんだな……。年中三界暇《ねんじゅうさんがいひま》なしの日々堂では、滅多《めった》に藪入りで実家《さと》に帰るものがいなくてよ。それで忘れていたんだが、そいつは良かった！ 亮吉、おっかさんにうんと美味《うめ》ェもんを食わせてもらいな！」

亮吉がもじもじと身体を揺《ゆ》すり、うん、と頷《うなず》く。

「うん、じゃないだろ！　この子ったら、何遍《なんべん》言っても解らないんだから……。おまえ、もうネンネじゃないんだよ！　いっぱしに奉公をする身となったからには、挨拶くらい出来るようにならなくちゃ！」

おぬいが甲張《かんば》ったように鳴り立てる。

「うん……」

「ほら、また！　うん、じゃないだろ？　はいって言うんだよ」

亮吉が潮垂《しおた》れる。

「もういいだろう、おぬいさん！　亮吉だって解ってるんだからよ。さっ、魚屋に行って来な！」

龍之介が亮吉の肩をポンと叩く。

亮吉は幼児のように目を輝かせ、こくりと頷いた。


その頃、日々堂の茶の間では、子守のおこんがお葉の前で深々と頭を下げていた。

「勝手をさせてもらって申し訳ありません。明日には、必ず戻って来ますんで……」

「無理して明日帰って来ることはないんだよ。おまえ、実家《さと》に帰るのは久し振りなんだろ？　気の済むまで、ゆっくりしてきていいからさ」

「ということは、あたしはもう、日々堂には不要ってことで……」

おこんが怖《お》ず怖ずと顔を上げる。

「何を莫迦なことを言ってるんだえ！　そうではなく、おまえは清太郎が生まれたときから日々堂にいるんだ。おはまの話じゃ、その間、一日も暇を取らなかったというじゃないか……。そりゃさ、おまえは清太郎の子守として日々堂に入り、これまでは清太郎が頑是《がんぜ》なかったもんだから片時も目が離せなかっただろうが、清太郎も今や九歳……。此の中、手習指南《てならいしなん》に通ったり、戸田さまにやっとうの稽古《けいこ》をつけてもらったりと、おまえの手を離れていることのほうが多いんだから、此度《こたび》は清太郎のことなど気にせず、これまで取ろうにも取れなかった暇を、思う存分取ればいいと思ってさ」

お葉はそう言うと、おこんのためにお茶を淹《い》れてやる。

「女将さんがおっしゃる通りです。この頃うち、清太郎坊ちゃんはあたしが手をかけるのを嫌われるようになり、なんでもご自分でなさろうとされます。そうなると、あたしは手持ち無沙汰《ぶさた》ですし、何もしないで給金を頂くのも気が退《ひ》けます。それで、勝手方の仕事をと思ったのですが、勝手方はもう充分に手が足りているようで、あたしが下手《へた》に手を出すと、かえって邪魔になります」

おこんが気を兼ねたように、お葉を窺《うかが》う。

「けど、おはまから聞いた話じゃ、この頃うち、おまえが洗濯物を一手に引き受けてくれてるというじゃないか……。おはまが悦《よろこ》んでいたよ。これまでは、勝手方のお端女《はしため》が賄《まかな》いの合間を縫《ぬ》って男衆《おとこし》の洗濯物を片づけていたが、現在《いま》じゃ、おこんが引き受けてくれて大いに助かるって……。町小使（飛脚）たちの洗濯物って、半端な量じゃないからね。正《まさ》な話、洗濯女を雇ったっていいところを、そうして、おまえが引き受けてくれてるんだからさァ……。おまえがいないと、うちとしてはおてちん（お手上げ）なんだよ」

「そう言っていただけると、あたしも嬉しいです。では、本当に、二、三日暇を頂いてもよろしいんで？」

「ああ、これまで溜《た》まっていた藪入りを、纏《まと》めて取ったと思えばいいんだよ。で、おこんの実家《さと》は下総《しもうさ》の猫実《ねこざね》村と聞いたが、親御さんは息災なのかえ？」

「いえ双親《ふたおや》はとうの昔に亡くなっていまして、現在《いま》は、弟が父親《てておや》の跡《あと》を継《つ》いで海とんぼ（漁師）をやっています」

「そうかえ、じゃ、おこんが戻っても、迎えてくれる家があるんだね？」

「いえ、それが……」

おこんがさっと目を伏せる。

「どうしたえ？」

「弟とは、あることがあって以来、疎遠《そえん》になっていまして……。恐らく、あたしが猫実村に戻っても、家の敷居を跨《また》がせてくれないと思います」

「あることとは……」

おこんは辛《つら》そうに眉根《まゆね》を寄せた。

「…………」

「言いたくないんだね？　解った。言いたくないのなら言わなくてもいいよ。けど、それじゃ、猫実村に帰っても、身を寄せる場所がないじゃないか……」

おこんはつと顔を上げた。

「幼友達の家か、それが駄目なら、宿にでも泊まります。いえね、あたし、二度と猫実村に帰るつもりはなかったんですよ。けど、女将さんから藪入りをするようにと言われたものだから、だったら、永いこと気になっていたことを確かめてこようかって気になったんです。ああ、現在《いま》は詳《くわ》しいことを訊かないで下さい。いずれ、お話しする機会があるかと思いますが、現在《いま》はまだ……」

どうやら、込み入った事情があるようである。

お葉はおこんの顔を瞠《みつ》めると、さっ、お茶をお上がり、と促した。

お葉がおこんに逢《あ》ったのは、甚三郎の後添《のちぞ》いとして日々堂に入った三年前のこと……。

確か、そのとき、おこんは三十八歳と聞いていたので、現在《いま》は四十一歳であろうか。

だが、こうして改めて間近に見ると、目尻には深く皺《しわ》が刻《きざ》まれ、おはまとはまた違った女《おな》ごの来《こ》し方《かた》を想わせた。

お葉は甚三郎から詳しくおこんの生《お》い立ちを聞かされていなかったので、おこんの態度にどこかしら釈然としないものを感じた。

が、これ以上立ち入るべきではないような気がして、喉《のど》まで出かかった言葉を呑み込むと、金箱から小粒《こつぶ》（一分金《いちぶきん》）を二枚取り出し、懐紙に包み、おこんの前に差し出した。

「路銀だよ。持ってお行き」

おこんは慌てた。

「滅相《めっそう》もありません。半季分のお手当を貰《もら》ったばかりなのに、そのうえ路銀なんて頂けません」

「何言ってんだい！　おまえ、宿に泊まるかもしれないと言っただろ？　幼友達の家で厄介《やっかい》になるとすれば、なおさらだ。手土産《てみやげ》のひとつでも持って行けば、肩身の狭い想いをすることがないじゃないか。それに、旅先では何が起こるか分からないんだよ。金を持っていて邪魔ということはないし、これで足りないようなことがあれば、すぐに飛脚に文《ふみ》を託《たく》すんだよ。あたしがなんとかするからさ！」

お葉がおこんの手に包みを握らせる。

「申し訳ありません」

おこんは肩を丸めた。

「いいってことだ！　さあ、おはまが弁当の仕度《したく》をしてくれてるはずだから、もう出立《しゅったつ》したほうがいいよ」

「有難《ありがと》うございます。では、お言葉に甘えて、勝手をさせていただきます」

おこんは小袖《こそで》の上に埃《ほこり》よけの上衣《じょうい》を羽織《はお》ると、手拭《てぬぐい》を姉さん被《かぶ》りにし、手甲《てっこう》、脚絆《きゃはん》、草鞋《わらじ》履《ば》きといった旅姿で出掛けて行った。

おはまが茶の間に入って来る。

「おこん、出掛けたかえ？」

お葉が訊《たず》ねると、おはまはくすりと肩を揺らした。

「おこんさんたら、一体、なんのつもりだろうね。水口《みずぐち》であたしの手を握り締《し》め、世話になった、感謝してるって、まあ、まるで永《なが》の別れみたいなことを言っちゃってさ……。たかだか猫実村まで行って来るってだけでさ！」

が、お葉はおはまのひょうらかし（からかい）には乗らず、ふと真面目《まじめ》な顔をした。

「おまえ、おこんのことをどこまで知ってるのかえ？」

湯呑《ゆのみ》を片づけようとしたおはまが手を止め、とほんとした顔をする。

「おこんさんのことをどこまで知っているかって……」

「いや、あたしは旦那《だんな》から詳しいことを聞いていなくてね。けど、おまえは日々堂が出来たときからいるので、どんな経緯《いきさつ》でおこんがうちに来たのかを知ってるんじゃないかと思ってさ」

ああ……、とおはまが頷き、坐《すわ》り直す。

「おこんさんは清坊が生まれたときに子守として雇われたんですがね。何しろ、清坊のおっかさんが病弱だったでしょう？　旦那が清坊のことを随分《ずいぶん》と気になさって、若い子守に清坊を託したくないとおっしゃったんですよ。それで、三十路過ぎのおこんさんに白羽《しらは》の矢が立ったんですよ。乳は貰い乳をしなきゃならなかったが、それ以外は、おこんさん、我が子のように清坊の世話をしてきましたからね……。あんまし赤《や》児《や》の扱いに慣れてるもんだから、あるとき、おまえさん、赤児を産んだことがあるんじゃないのかえ、とあたしが訊ねたところ、あの女《ひと》、慌てて、天骨《てんこち》もない、ただの子供好きっていうだけですよ、と答えましたがね……」

「けど、旦那はどこでおこんを見つけてきたんだろ……」

「いえ、おこんさんのほうから口入屋《くちいれや》のほうに職を求めてきたんですよ。最初《はじめ》はどこか大店のお端女にってことだったけど、話をしているうちに子供好きってことが判《わか》ったものだから、それで、たまたま清坊の子守を探していた旦那が、うちの子守になってみないかと勧めたんですよ」

「じゃ、それまでおこんが何をしていたか、おまえも知らないと？」

「いえ、本所石原町《ほんじょいしわらちょう》の道具屋でお端女をしていたんですよ。ちゃんと請状《うけじょう》（保証書）を持っていましたからね。道具屋に入るまでのことは判りませんが、二十二歳のときに江戸に出て、以来ずっとお店《たな》奉公とか言っていましたよ。それが何か……」

おはまは訝《いぶか》しそうな顔をした。

「いや、それならいいんだよ。ただ、永いこと気になっていたことを確かめるために猫実村に戻る気になった、というおこんの言葉が、なぜかしら気になってね……」

「永いこと気になっていたことを確かめるって……」

再び、おはまが怪訝《けげん》な顔をする。

「いや、いいんだよ。おこんが戻って来れば、何もかもがはっきりすることなんだから……」

「嫌だ……。女将さんがそんなことをおっしゃるもんだから、あたしまでが不安になってきたじゃないですか！　戻って来るでしょうか、おこんさん……」

あっと、お葉も息を呑んだ。

が、無理して笑みを片頬に貼りつける。

「戻って来ないでどうするってか！　戻るに決まってるじゃないか！」

お葉は鉄火な声を張り上げた。

「結句、店衆《たなし》の中で藪入りをした者は、おこんとお端女のおさと、小僧の権太だけなんだね?」

中食《ちゆうじき》の煮込み饂飩《うどん》を啜《すす》りながら、お葉が宰領《さいりよう》の正蔵に訊ねる。

「へい。与一は糟喰《かすくらい》(酒飲み)の父親《ておや》に半季分の手当をひと晩で飲み尽くされたという経験がありやすからね……。それで、二度と藪入りに実家《さと》には帰らねえ、それより特別手当を貰って、美味《うめ》ェもんでも食ったほうがまだましだと言ってやしたからね。他の町小使たちもおおむね想いは同じのようで、小僧たちも右に倣《なら》えってことなんでやしょう」

正蔵はそう言うと、ズズッと音を立て、饂飩の汁《つゆ》を飲み干《ほ》した。

「有難いことだよ。そうやって、皆、便り屋の商《あきな》いに穴を空《あ》けないようにと努めてくれるんだからさ。正な話、町小使に休まれたんじゃ、見世《みせ》を廻《まわ》していけないもんね」

「ええ、まっ、それもありやすが、やはり、奴らには特別手当の魅力がより大きいってことなんでやしょう。それに、友造や良作のように、帰《けえ》りたくても帰る家のねえ奴もおりやすからね」

正蔵がそう言うと、龍之介が思い出したとばかりに箸《はし》を置いた。

「藪入りといえば、おぬいさんの息子が此度初めての藪入りとか……」

「おっ、亮吉か！　戸田さま、亮吉にお逢いになったんで？」

正蔵が月代《さかやき》の汗を手拭で拭《ぬぐ》いながら、横目に龍之介を窺う。

「ああ、五ツ半（午前九時）頃だったか、万年橋でおぬいさんに声をかけられてね。なんでも、清住町の達磨屋まで亮吉を迎えに行った帰りだとかで、初めての藪入りだから、うんと美味いものを食わせてやるんだと張り切っていましたよ」

「それで、亮吉はどうだった？　元気そうにしてたかえ？」

お葉が身を乗り出す。

「ああ、しばらく見ない間に、すっかり大きくなって……。そう言えば、半年前、達磨屋に亮吉を世話したのは女将さんなんだってね？」

「そうなんだよ。おぬいさんに泣きつかれてさ……。あたしはおぬいさんにあんな息子がいたとは知らなかったもんだから驚いたんだが、逢ってみると、これがなかなか素直な子で、身体つきもがっしりとしているし、おぬいさんが言うほど穀立《ごくた》たず（役立たず）でもなさそうでさ……。それにね、あの子、自らの判断は出来ないまでも、言われたことは懇切丁寧《こんせつていねい》にするっていうじゃないか……。何より、手先が器用なんだってさ！　それで、ここはと思うお店を何軒か当たってみたんだけど、どこもあんましいい顔をしなくてね。ところが、経師屋の達磨屋だけがしばらく預かり、様子見をしてみてもいいと言ってくれてさ！　それを聞いて、おぬいさんが涙を流して悦んでくれてね。給金を貰おうなどとは思っていない、お飯《まんま》を食わせてくれて、少しずつ技術を身につけさせてくれればそれでいいんだからと言ってさ……」

「そう言えば、戸田さまは奥川町の裏店で亮吉とは何度も顔を合わせているんですよね？　いかがです、あの子？　少しは使い物になりそうでやすかね？」

正蔵が不安の色もありありと、龍之介を窺う。

「ああ、女将さんが言ったように、亮吉ほど素直な子はいないからよ……。心根《こころね》が優しくてよ。俺が思うに、亮吉はおぬいさんが言うほど気が廻らないのじゃない。ただ、亮吉がやりくじる（失敗する）のを懼《おそ》れるあまり、おぬいさんが先回りをして世話を焼いちまうもんだから、亮吉がすっかり頼りきってるんだよ。あいつ、心柄《こころがら》（生まれつきの性格）が優しいものだから、そうすることが母親を悦ばせることだと思っているのだろうて……。だが、これからは、他人の飯を食うわけだ。多少時がかかるかもしれないが、少しずつしっかりしていくだろうさ」

「まっ、今のところ、達磨屋からは文句が出てねえようだしよ。けど、あっしが当たったお店からはことごとく断られたというのに、女将さんが口利きした途端に、達磨屋がすんなりと受け入れてくれたんだからよ。宰領として、あっしは面皮《めんぴ》を欠いちまいやしたぜ……」

正蔵の口惜《くちお》しそうな口吻《こうふん》に、お葉がくすりと肩を揺らす。

「そりゃ悪かったね。いえね、別に、達磨屋はあたしが口を利いたから亮吉を受け入れたわけじゃないんだよ。おまえがあんましちんたらしているもんだから、一《いち》か八《ばち》かの賭けと思って、直接、亮吉を達磨屋に連れてったんだよ。だってさ、おまえみたいに、多少、他人《ひと》よりは手間がかかるかもしれないが身体だけは丈夫だなんて弁解がましいことを言ってたんじゃ、どんなお店だって尻が退《ひ》けちまうじゃないか！　誰だって、同じ雇うのなら、目端《めはし》の利く者のほうがいいに決まっているだろ？　しかも、亮吉の覚えが悪いといっても、どの程度なのか、言葉だけじゃ判らないじゃないか……。それで、清水《きよみず》の舞台から飛び下りるつもりで連れてったんだが、なんと、やってみるもんだね！　達磨屋の旦那が亮吉をひと目見て、気に入ってくれてさ。ほら、亮吉って、眉が濃《こ》くてギョロ目をしてるじゃないか……。見ようによっては、達磨屋の看板絵に瓜割《うりわり》四郎《しろう》（そっくり）なんだよ。あたしも旦那に言われるまで気づかなかったんだけど、改めて看板絵と見比べてみると、なるほど、大人になるとこんな顔になるだろうなと思うほど似ているんだよ。それで、旦那がこの子はきっと福の神、これを断る道理はないだろうって……。それに、こうも言ってたよ。多少覚えが悪くても、言われたことを丁寧に熟《こな》していれば、多少ときがかかっても仕事は覚えられる、仕事は早いが雑というより、遅くても丁寧というほうが、うちにとっては有難いって……。それを聞いて、おぬいさんの悦んだこと！　あたしもさァ、捨てる神あれば拾う神あり、何が幸いするか分からないもんだなと思ってさ……」

お葉が茶目っ気たっぷりに、片目を瞑《つぶ》ってみせる。

経師屋の看板に達磨の絵が描《か》かれていることが多いが、これは、だるまん、たるまんからきたもので、つまり、たるまない表具という意味の洒落《しやれ》がけである。

また一説では、達磨大師《だるまだいし》は仏法《ぶっぽう》の祖であり、仏法は御法《みのり》と読み、みのり、み、のり……。

つまり、経師屋の主材料である糊《のり》と達磨大師の洒落がけだともいう。

どちらにしても、達磨は経師屋の顔といってもよく、そのうえ、達磨屋は屋号にまで達磨を使っているのであるから、達磨と瓜割四郎の亮吉を店衆に迎えることは、福徳の百年目……。

お葉の話を聞いて、正蔵もポンと膝《ひざ》を打った。

「言われてみれば、その通りでェ！　あっしも先《せん》から亮吉が誰かに似ていると思っていたが、なるほど、達磨に似ていたんだ！」

ところが、龍之介と清太郎には話が見えていないと見え、二人とも訝しそうに首を傾《かし》げている。

「辛領、俺には意味が解らないのだが……。確かに、経師屋の看板に達磨の絵が描かれていることが多い。だが、亮吉の顔が達磨に似ていることと雇うということに、なんの関係が……」

お葉と正蔵が顔を見合わせ、ぷっと噴《ふ》き出す。

「こいつァ、たまげたぜ……。戸田さまでも知らねえことがあるとはよ！　いえね……」

正蔵が経師屋と達磨の関わりを話してやる。

「あっ、そういうことか……。それで、達磨屋は亮吉を福の神と言ったってわけか。なるほど、なるほど……」

龍之介が大満悦といった顔をする。

「旦那がそこまで亮吉のことを気に入って下さってるのだから、店衆に苛められることはないだろうが、亮吉にはなんとかこのまま辛抱してもらいたいもんだね」

お葉が食後のお茶を淹れると、皆の膳《ぜん》に配る。

「ところで、戸田さまが早朝から道場に行きなさるとは、何か急用でも?」

茶を一服した正蔵が、思いついたように言う。

常なら、龍之介は中食を済ませて道場に向かう。

門弟に稽古をつけるのは、八ツ(午後二時)から六ツ(午後六時)と決まっていたのである。

それが、今朝は五ツ半(午前九時)に出掛けたのであるから、正蔵が何か特別なことがあったのかと不審に思うのは、無理のない話であった。

「いや、師範代に呼び出されたものでな」

「師範代と言ャ、師匠の川添観斎《かわぞえかんさい》さまの一人娘の婿《むこ》となった?」

「ああ、高瀬《たかせ》さまだ。もっとも、現在《いま》は川添耕作《こうさく》と名乗っておられるがな」

「じゃ、師匠の娘と所帯を持ったが、現在《いま》はまだ、道主《どうしゅ》となったわけじゃねえってことで?」

「師匠がまだご存命なのでな」

「それで、観斎さまの容態はどうなんだえ?」

お葉が割って入ってくる。

龍之介は辛そうに眉根を寄せた。

「あまりよくないんだね？」

「春までは保《も》たないだろうと……」

「あっ、それで、師範代に呼ばれたってことでやすか？」

正蔵が龍之介に目を据《す》える。

「まっ、それもあるのだが、師匠がご存命中に次期師範代を決めておこうということになってよ」

「では、戸田さまに白羽の矢が立ったってことなんでやすね？」

「それはそうなんだが……」

龍之介は奥歯にものが挟まったような言い方をし、顔を顰《しか》めた。

「…………」

「…………」

お葉も正蔵も、龍之介の反応に戸惑《とまど》った。

次期師範代が約束されたというのに、このどこかしらすっきりとしない表情は、一体……。

龍之介は二人の探《さぐ》るような視線に気づき、挙措《きょそ》を失った。

「いや、受けたくないというわけじゃないんだ。だが、俺と互角《ごかく》の腕を持つ男が他に二人もいるというのに、師範代の独断で俺に決めてよいものかどうかと思ってよ」

「師範代の独断って、じゃ、師匠の意じゃないってことかえ?」

お葉が驚いたように言う。

「師匠はまだ息があるというだけで、すでに言葉を発することが出来ないのでな。だが、こちらが話すことは解っておいでだ」

「じゃ、何が問題なんだえ? だって、次期師範代に戸田さまを推《お》すということは師範代の口から話してあり、師匠も頷くとかなんとかして、了承しているんだろう? だったら、何も問題はないじゃないか」

「それはそうなんだが、試合で決着をつけたわけでもないのに、他の二人から異を唱《とな》えられないかと思ってよ」

龍之介は喉に小骨でも刺さったかのような言い方をした。

「てんごうを! これは師匠の意思なんだ。それでいいじゃないか! 清太郎、良かったね。おまえのやっとうの先生は、川添道場の師範代になるんだってさ! そんなに偉い男《ひと》に稽古をつけてもらうんだから、清太郎もうんと我勢しなくちゃね!」

お葉はわざとあっけらかんとした口調で言った。

なんだか解らない龍之介の胸の靄《もや》……。

が、これ以上、深く追及しないほうがよいと思ったのである。

川添道場の下男が師範代川添耕作の文を届けてきたのは、今朝のことである。文には、急な呼出《よびだし》で済まないが、極力早めに道場に顔を出してくれとあった。

龍之介の胸がきやりと揺れた。

師匠の観斎が危篤《きとく》に陥《おちい》ったと思ったのである。

それで、朝餉《あさげ》も食べないまま直接蛤町の仕舞た屋から松井町《まついちょう》に向かったのである。

観斎は重篤であることに変わりなかったが、特に容態が急変したというわけでもなく、娘の香穂《かほ》に介護されて病間で臥《ふ》していた。

それで、やれと安堵《あんど》し、香穂に促されるまま耕作が待つ書斎へと廻った。

耕作は龍之介を見ると、茶菓《さか》を運んで来た婢《はしため》を下がらせ、近くに寄れ、と手招きをした。

龍之介の胸に緊張が走った。

「師匠を見舞ったのだな？　では、おぬしにも解ると思うが、師匠の生命《いのち》はもう永くはない。よって、師匠がご存命のうちに次の師範代を決めておきたいと思ってな。わたしが道主となってから決めてもよいのだが、それでは、高弟たちの間から不満が出るやもしれん……。というのも、おぬしと三崎《みさき》、田邊《たなべ》の腕はほぼ互角だからのっ。わたしが藤枝《ふじえだ》と道場の跡目《あとめ》相続をかけて試合をしたように、いっそ、三人で勝負をすればよいのだろうが、あのときの後味の悪さを思うと、それだけは避けたい……。それより、師匠のご意思ということで徹《とお》せば、誰の胸にも蟠《わだかま》りが残らないのではなかろうかと思ってよ。香穂の想いも同じだ……。二度と、藤枝のときのような苦《にが》い想いをしたくないと申しているのでな」

耕作はそこまで言うと、龍之介にひたと視線を定めた。

藤枝重吾《じゅうご》と高瀬耕作が道場の跡目相続をかけて試合をしたのが、二年ほど前のこと……。

当時、藤枝が観斎の一人娘香穂に懸想《けそう》していることは誰の目にも明らかで、香穂のほうもまんざらではなさそうであった。

それが、観斎が病に倒れた頃より、何があったのか、藤枝と香穂の間に秋風が立つようになり、ある日突然、跡目相続をかけ三本勝負にて決着を、と観斎から命《めい》が下されたのである。

このとき、藤枝は風邪《かぜ》を引いて体調を崩《くず》しており、明らかに不利な状況であった。ところが、驚いたことに、それまで相思の仲と思っていた香穂がそれに異を唱えなかったのである。

結果は、三本のうち二本が高瀬の勝ち……。

門弟の誰もが、なぜ師匠は藤枝の体調が戻るまで試合を延期しなかったのであろうかと不審に思った。

疑惑は高瀬にも向けられた。

師匠も師匠なら、高瀬も高瀬だ、万全の状態でない者を倒したところで、真《まこと》の勝利とはいえないではないか！　なぜ、高瀬は藤枝の体調が戻るまで試合を延期するようにと申し出なかったのであろうか……と。

だが、耕作は観斎に試合を延期するようにと提言していたのである。

それを聞き入れなかったのは観斎で、体調の管理も剣士たる者の心得のひとつ、どんな状況であれ、必ずや、勝利への道がある、と突っぱねたという。

八十石《こく》の御徒組《おかちぐみ》の次男坊に生まれた藤枝は、なんとか武士で身を立てるべく、剣術の腕を磨《みが》き、寸毫《すんごう》の機宜《きぎ》も見逃さないようにと努めてきた。

そうして、藤枝は江戸の道場を虱潰《しらみつぶ》しに調べ上げ、近い将来、跡目を引き継ぐ婿養子を必要とする、川添道場に白羽の矢を立てたのである。

藤枝の目論見《もくろみ》は見事に当たった。

道場の一人娘、香穂の心を摑《つか》むところまで漕《こ》ぎつけたのである。

ところが、これでもう安心と気の弛みが出たわけでもないのだろうが、その頃より、藤枝に驕慢《きようまん》な面が顕《あらわ》れるようになり、賢《さと》い香穂にも観斎にも本性を見抜かれることとなったのである。

だからこそ、観斎は藤枝の体調が万全でないと知り、敢《あ》えて高瀬との試合を強行し、香穂から遠ざけようとしたのだった。

その結果、高瀬は香穂と祝言《しゆうげん》を挙げたばかりか道主の座が約束され、藤枝は道場から姿を消すこととなった。

一年後、辻斬《つじぎ》りとなった藤枝と龍之介が対峙《たいじ》することになると、誰が予測したであろうか……。

藤枝は龍之介に追い詰められ、観念したかのように自裁し、果てていった。

どこに向けてよいのか解らない絶望に悶々《もんもん》として、ささくれ、荒《すさ》んでいった藤枝……。

次第に人を殺傷することに安らぎを覚えるようになり、そういう自分に、また絶望する……。

その繰《く》り返しの中で、藤枝は己《おのれ》の身の処し方に窮《きゅう》していたが、龍之介に追い詰められ、あたかも背中を押されたかのように自裁したのだった。

藤枝の死は、龍之介ばかりか耕作や香穂にも、強い衝撃を与えた。

何人もの罪のない者を殺傷したのだから、死をもって贖《あがな》うのが当然といっても、その原因を作ったのは、観斎父娘《おやこ》であり耕作である。

それゆえ、師範代の座をかけた試合を遂行《すいこう》し、後々《のちのち》に悔恨《かいこん》を残したくないという耕作の気持は、龍之介にも手に取るように理解できるのだった。

「それで、三崎、田邊、おぬしの三人の中で誰を次期師範代にと考えたのだが、三崎は剣の腕は立つが、性格に円《まる》みがない……。師範代ともなると門弟と接する機会が多く、それゆえ、彼らに慕われなければならないが、三崎のようにああ角張《かどば》っていたのでは、門弟たちがついていかぬ……。で、田邊だが、奴は女ごにだらしがない！　女房や子がいるというのに、見境《みさかい》なく商売女に手を出すそうだ。いや、これは流言などではなくてよ。一度なんぞ、わたしが間に入ってびり沙汰《ざた》（男女間のもつれ）を収めたことがあってよ……。まっ、この頃は女ご遊びもいくらか収まってきたようだが、いつまた悪癖が出るやもしれぬのでな……。その点、おぬしは信頼が置ける。何より、氏素性《うじすじょう》に非の打ち所がないし、懐《ふところ》が深く、分け隔《へだ》てすることなく門弟たちに接するところも称賛に値《あたい》する。香穂もいの一番におぬしを推挙した……。むろん、師匠も同意と思ってほしい。なっ、戸田、師匠のご意思ということで、次期師範代を受けてくれないだろうか」

耕作はそう言うと、食い入るように龍之介を見た。

「……」

「なに、不満か？」

「いえ、不満などとは……。ただ、あまりにも突然なことで、驚いているのです」

「何ゆえ、驚く？　おぬしとて、解っていただろうに！　技量が勝《すぐ》れているというだけでは、人の上には立てぬ。ことに、剣術は心技体でなければならぬが、それが備わっているのはおぬししかいないのだ。おぬしさえ承諾してくれれば、明日にでも招集をかけ、皆の前で師匠のご意思として披露《ひろう》するつもりだ。いいな、戸田！」

「畏《かしこ》まりました」

耕作にそこまで言われたのでは、了解するより仕方がなかった。

だが、生煮《なまに》えの粥《かゆ》を食べた後のように、どうにもすっきりとしないのである。

その原因が、力量をかけた試合もせずに、指名にて師範代の座に就《つ》くことにあると解っていた。

決して自分が画策《かくさく》したわけでも出し抜いたわけでもないのに、どこかしら、すっきりとしないのである。

とはいえ、試合をしたらしたで、後味の悪さがつきまとうことも重々承知……。

事実、耕作が師範代の座をかけて臨《のぞ》んだ試合では、三枝裕也《さえぐさゆうや》が敗者となって道場を去って行き、そして、藤枝重吾もまた然《しか》り……。

日頃の練習試合と違い栄進をかけての試合となると、負けることは単なる負けでなく、前途を閉ざされることに繋《つな》がる。

剣士にとって、それほど矜持《きょうじ》を疵《きず》つけるものはない。

その意味では、むしろ、師匠のご意思ということで押し通すほうがよいのかもしれない。

だが、このすっきりとしない想いはなんなのであろう……。

第一、師範代になれば現在《いま》より責任が重くなり、ほぼ毎日、道場に顔を出さなければならなくなるだろう。

それでは、おいおいこれまでのように日々堂で代書の仕事が出来なくなり、また清太郎に剣術の稽古をつけてやることも出来なくなるではないか……。

ということは、蛤町の仕舞た屋で厄介になることも、お葉たちと一緒に日々堂の茶の間で賄いを食べることも出来なくなるということ……。

だが、男たるもの、それを理由に師範代を固辞するわけにはいかないではないか！

龍之介の胸を、じわじわと重苦しいものが塞《ふさ》いでいく。

「そなた、市井人《しせいびと》となって気随《きずい》に人生を愉しんでいるというが、ならば、訊こう。そなたの生き甲斐《がい》とはなんぞや？　人として生まれて、真の愉しみは生き甲斐に向かって突き進むことではないか？　のんべんだらりとした、その日暮らしの中で生まれる愉しみなど、泡沫《うたかた》といってもよいからのっ。そなたはそのような男ではないと信じているが、そうではないか？」

「確かに、門弟に剣術の稽古をつけてやることは、それなりに意味のあること……。が、代書というのか？　それは、単なる手内職にすぎないではないか。文字の書けない者の代わりを務《つと》めるのであれば、何ゆえ、その者に文字を教えようとしない？　一人でも不文字《ふもじ》を少なくすることに努めるというのであれば生き甲斐といえるが、代書だけでは、ただの金儲《かねもう》けにしかすぎぬ」

千駄木《せんだぎ》の実家を継いだ兄の戸田忠兵衛《ちゅうべえ》は、逢う度《たび》にそう苦言を呈してきた。

龍之介の脳裡《のうり》を、忠兵衛の顔がゆるりと過《よ》ぎる。

あの兄なら、今後、俺が師範代として門弟の指導のみに勤《いそ》しむと聞けば、諸手《もろて》を挙げて賛同するだろう……。

だが、それでは、人としてあまりにも味気ないではないか……。

またもや衝き上げてきた遣《や》り切れない想いに、龍之介はぞくりと身震いした。

「赤飯のお代わりがいる者は手を挙げておくれ！　おっ、早いね。市太に昇平、おや、良作もかえ？」

食間《しょくま》で、おせいが甲張ったように鳴り立てている。

今宵《こよい》の夕餉《ゆうげ》は赤飯に小鯛丸揚煮《こだいまるあげに》、赤貝と葱《ねぎ》の饅《ぬた》、風呂吹《ふろふ》き大根、豆腐《とうふ》と若布《わかめ》の味噌《みそ》汁《しる》……。

「おいら、やっぱ、実家《さと》に帰《けえ》らなくてよかったぜ！　だって、帰ったら、こんなに美味《うめ》エもんを食わせてもらえねえからよ」

与一が小鯛の身を箸でつつきながら言うと、隣《となり》に坐った六助が茶を入れる（冷やかす）。

「そうでェ、帰《けえ》ったら糟喰のおとっつァんに銭《ぜに》を毟《むし》り取られるだけだもんな！　それよか、ここに残って美味《うめ》ェもんを食ったほうがどれだけいいか……。与一なんて、夕餉の前《めえ》に、屋台寿司を買い食いしてたもんな！」

「煩《うるせ》ェ、黙って喋《しゃべ》れってェのよ！　おめえだって、田楽《でんがく》を食ってたじゃねえか。おら、ちゃんと見たんだからよ！」

「これ、そこの二人！　まったくもう、寄ると触ると喧嘩《けんか》してんだから……。喧嘩するくらいなら離れて坐ればいいものを、なんだって、いつも隣に坐るんだえ！」

おせいの甲張った声が飛ぶ。

「おせい、いいんだよ。あいつら、喧嘩するほど仲がよいの口でさ。放っておけばいいんだよ！」

おはまが横目にいなし、味噌汁の入った鉄鍋を手に茶の間に入って行く。

「食間が随分と騒がしいじゃないか」

お葉が清太郎の茶椀に赤飯を装《よそ》ってやりながら、おはまをちらと見る。

「与一と六助ですよ。いつものことだけど、今宵はご馳走《ちそう》ときて、皆、どこかしら浮かれちまって……」

おはまはそう言うと、鍋敷に鉄鍋を下ろし、蓋《ふた》を取る。

「おや、豆腐と若布かえ？」

「ええ。浅蜊《あさり》と思ったんですけど、浅蜊の身が結構大きかったもんだから、しぐれ煮にしたんですよ。明日の朝餉を愉しみにして下さいね」

「ほう、浅蜊のしぐれ煮か……。俺はそいつに目がなくてよ」

龍之介が厨《くりや》のほうを振り返る。

「あら、なんなら、今、お持ちしましょうか？」

「いや、明日の愉しみに取っておくよ。だが、日々堂は偉いよな。藪入りで実家《さと》に帰らなかった店衆のために、毎度、こうして大盤振舞《おおばんぶるまい》をするんだからよ」

「だって、せっかくの藪入りだというのに、親兄弟にも逢わずに、こうして日々堂のために我勢してくれてるんだもの。このくらいの愉しみがないと、あの子たちもやっていられないじゃないか。あの子たちの実家《さと》はここ……。せめて、和気藹々《わきあいあい》と、親元に帰ったみたいに馳走を食べさせてやりたいと思ってさ！」

「それが、女将さんの偉いところなんですよ。いえね、藪入りに帰らなかった店衆に特別手当を出すのは、亡くなった旦那が言い出されたことなんですが、夕餉に馳走を出して、束《つか》の間《ま》であれ、実家《さと》に帰った気分を味わわせてやることになったのは、女将さんが日々堂の当主になられてからなんですよ。まっ、旦那は男なんだからそこまで気が廻らなかったとしても、あたしは穴があったら入りたい気持になりましたからね……。だって、永いこと日々堂の勝手方を預かり賄いのすべてを委《まか》されてきたのに、あたしはそこまで気が廻らなかったんだもの……」

おはまが唇を嚙《か》む。

「そりゃ、おめえが店衆のお袋になりきれていなかったってことでよ。見なよ、女将さんを……。子を産んだこともねえのに、店衆全員のおっかさんになりきってるんだからよ」

正蔵が槍《やり》を入れると、おはまがムッとした顔をする。

「ええ、ええ、あたしは人間が出来ていませんからね！」

お葉が苦笑いをしながら、割って入る。

「二人ともお止《よ》しよ！　せっかくの馳走が不味《まず》くなるじゃないか。さっ、食べようよ」

「おはまおばちゃん、味噌汁のお代わりをおくれ！　美味いよ、この味噌汁」

清太郎が空になった汁椀を突き出す。

おはまの顔に笑みが戻った。

「そうかえ、そうかえ……。うんと食べておくれ！　清坊だけだ、そんなに優しいことを言ってくれるのはさ」

「いや、清太郎だけじゃないぜ。俺だって、おはまさんが作るものはなんでも美味いと思ってるからよ。だが、滅多にこんな美味い飯が食えなくなるのかと思うと……」

龍之介が何気なく口にした言葉に、全員が、えっと手を止める。

「いや、俺が師範代を引き受けると、これまでのように日々堂に顔を出せなくなるのではないかと思ってよ」

「てんごうを！　そりゃ、師範代になると、道場にいることが多くなるかもしれないよ。けど、四六時中ってことはないんだもの、これまで通り、ここで朝餉を食べていけばいいし、夕餉時に間に合わないようなら、戸田さまの夕餉はいつ戻って来ても食べられるように仕度《したく》をしておくからさ。ねっ、おはま、出来るよね？」

お葉が狼狽《うろた》え、おはまを窺う。

「ええ。お汁《つゆ》は長火鉢《ながひばち》にかければすぐに温まるようにしておきます。これからは朝から道場に出掛けることになるのですか？　それだと中食は無理かと思いますが、朝餉と夕餉はこれまで通り仕度しておきますよ」

「それは有難いのだが、これまでのように日々堂の仕事が出来るかどうか……。それで、仕事もしないのに蛤町の仕舞た屋に置いてもらうのは心苦しいので、奥川町の裏店が空いているようなら、そこに戻ろうかと思っているんだよ」

「おかっしゃい！　寝言は寝て言いなよ。戸田さま、あたしらをなんだと思ってるのさ！　戸田さまはね、日々堂の家族なんだ。代書の仕事が出来なくなるから、仕舞た屋を出なくちゃならないだって？　憚《はばか》りながら、日々堂はそんなに穴《けつ》の穴が小さくないんでね。代書の仕事がなんだっていうのさ！　そんなものより以前に、戸田さまは家族なんだ。家族が寝食を共にするのは当然じゃないか。あたしは悔しいよ！　まさか、戸田さまの口からそんな言葉が飛び出すなんてさァ……」

お葉の啖呵《たんか》は久し振りのことだった。

お葉はよほど業《ごう》が煮えるとみえ、まだ怒ったような顔をしている。

「そうだぜ！　女将さんのおっしゃるとおりだ。戸田さまは日々堂にはなくちゃならねえお方なんだ。正な話、あっしは戸田さまが師範代に推挙されたと聞き、わがことのように嬉しかったぜ。努力が報《むく》われたんだ、これでようやく、千駄木の兄さんに堂々と胸が張れるって……。うちの仕事が出来なくなるんじゃねえかとちらと思いもしたが、それがどうしたというんですよ。家族が立身したんだ。悦ばないでどうするかよ！」

正蔵がそう言うと、おはまも大仰に相槌《あいづち》を打つ。

「それにさ、先《せん》から言ってるように、食事のことは気にしなくていいんだよ。うちみたいな大所帯では戸田さまの口が一つ増えたからって、どうってことはないんですからね。それより、中食をここで食べられないとなったら、そっちのほうが心配だ……。だって、外で食べるとなると、金がかかるだろう？　代書の手間賃が入らなくなるんだから、それこそ、お困りになるのじゃないかと思ってさ」

おはまの言葉にお葉が色を失う。

「そうだよ。おはま、よく気がついたね。そうだ！　弁当を作って戸田さまに持たせればいいんだ。ねっ、おはま、戸田さまが朝餉を食べに見えたら、昼の弁当が渡せるように準備しておいてくれないかえ？」

「いや、ちょ、ちょっと待っておくれよ。実は、中食は道場が仕度してくれることになってるんだよ。それに、これまでは師範代助手ということで小遣い程度の手当しか貰っていなかったが、師範代になれば、それ相応の手当が貰えることになっているのでね。だからなおさら、日々堂で厄介になることに気が退けるのよ……。では、こうしてもらえないだろうか？　俺はこれまでどおり、仕舞た屋の二階を使い、朝餉と夕餉はここで食べさせてもらう。だから、部屋代、食事代として、月々 某《なにがし》かでも入れさせてもらえないだろうか……」

「…………」

「…………」

三人とも圧《お》し黙った。

なんと答えてよいのか解らなかったのである。

「どうかな?」

龍之介がお葉を瞠《みつ》める。

「解ったよ。それで戸田さまの気が済むというのなら、そうしても構わないだろう。但《ただ》し、その金はいずれ戸田さまが所帯を持つときのために、あたしが貯《た》めておくからさ。だから、一旦は預かるが、いずれお返しする……。ねっ、そうしようじゃないか!」

お葉の思いっきに、正蔵とおはまが目から鱗《うろこ》が落ちたという顔をする。

「それがようござんすよ!」

「そうだよ! 戸田さまだって、いつかは所帯を持つんだもんね。そのときは、悦んでここから送り出しますからね」

とんだ話の展開に、龍之介は挙措を失った。

「所帯を持つって……。おい、止《よ》しとくれ！　第一、相手もいないのに、そんなことが出来るわけがない……」

「嫌だよ、戸田さまったら、照れちゃって！」

「照れるわけがないだろうに、照れるわけが……」

すると、清太郎が堪りかねたように大声を上げた。

「ねえ、先生がおいらと一緒に中食を食べないのなら、やっ、やっ、やっとうの稽古はどうなるのさ！」

茶の間が水を打ったように静まった。

そうだった……。

お葉と龍之介が顔を見合わせる。

正蔵もおはまも、困《こう》じ果てたように太息を吐いた。


翌日の中食のときのことである。

「戸田さま、中食に戻るって？」

お葉が茶の間に入って来たおはまに訊ねると、

「あら嫌だ……。てっきり、女将さんがお聞きになっていると思い、あたしは何も……」

と、おはまは胡乱《うろん》な顔をした。

「そうかえ。けど、確か、今日、戸田さまが次期師範代になると門弟たちに伝えられるんだよね？　てことは、今日から中食は道場で上がることになるんじゃないのかえ？」

おはまは長火鉢に鉄鍋をかけた。

どうやら、今日の中食は雑炊《ぞうすい》のようである。

「そうでしょうか。今日は師匠のご意思が明らかにされるだけで、戸田さまが師範代になるのは師匠が亡くなられてからのこと……。現在《いま》はまだ、師範代助手なんじゃないかしら？」

なるほど……、とお葉も納得した。

「じゃ、中食はうちで食べるってことなんだね？」

「さあ、どうでしょう。師範代と打ち合わせかたがた会食なされるかもしれないし、女将さんがお待ちになることはありませんよ。清坊と先に上がって下さいな。戸田さまが中食を摂《と》らずに戻ってみえるようなら、すぐに仕度をしますんで……」

「そうかえ。じゃ、清太郎、おっかさんと一緒に食べようか?」

「うん。おいら、お腹がペコペコ……」

お葉が鉄鍋の蓋を開け、茶椀に韮《にら》雑炊を装ってやる。

「ヤッタ! 牡蠣《かき》がはいってらァ」

清太郎が歓声を上げる。

大根や人参《にんじん》、牡蠣の入った雑炊に韮を散らして卵でとじてあるが、見た目も鮮《あざ》やかで、つんと潮《しお》の香りが漂ってくるようだった。

「沢山《たくさん》お食べよ。清太郎はおとっつァんに似て、牡蠣が大好物だもんね!」

「うん。おいら、お代わりをするよ」

と、そこに、見世のほうから正蔵が顔を出した。

「ちょうど良かった。これから食べるところなんだよ。おまえも中に入ってお上がり」

お葉がそう言うと、正蔵はいやっと首を振り、背後を窺った。

「それが……。今、奥川町のおぬいさんと亮吉が来てるんでやすがね」

「おぬいさんが？　一体なんだろう……。ああ、そうか。亮吉が藪入りを終え、これから達磨屋に戻るんで、挨拶に来たんだね。わざわざ来ることはないのに……」

「いや、それが女将さんに相談があるとかで……」

「あたしに相談？　ああ、いいよ。ここに通ってもらいな」

「ここに？　けど、中食の途中なのに、よろしいんで？」

「おぬいさんだもの、構わないさ」

「では……」

正蔵は一旦下がると、改めて、おぬいと亮吉を連れて戻って来た。

「あっ、中食を召し上がってたんですか。それは悪いときに来ちまいましたね。よろしいんですか？」

おぬいは気を兼ねたように、上目《うわめ》にお葉を窺った。

「いいんだよ。雑炊だもの、こんなもの、さらさらと搔《か》き込んじまえばいいんだからさ。ところで、おまえさんたち、中食は済ませたんだろうね？」

お葉がおぬいを窺うと、おぬいはつと面伏せた。

「いいえ、中食なんて……。とても喉を通りそうになくて……」

「じゃ、亮吉もまだってことかえ？　おまえはそれでよくても、亮吉は育ち盛りだ。

食べさせないわけにはいかないじゃないか！　亮吉、お腹が空《す》いていないかえ？」

亮吉は潮垂れていたが、腹が空いていないかと訊かれ、ハッと顔を上げ、嬉しそうに頷いた。

「ほら、ごらん。ひだるい（空腹）って顔をしているじゃないか！　亮吉、さあ、こっちにおいで。今、女将さんが雑炊を装ってやるから、清太郎と一緒に食べようね」

亮吉がすじりもじりと身体を揺すりながら寄って来て、清太郎の隣にすとんと腰を下ろす。

「ほら、お上がり。美味いよ。お代わりをしてもいいんだからね」

お葉は亮吉に雑炊を装ってやると、おぬいに、おまえさんは？　と訊ねる。

「いえ、あたしは本当に何も喉を通らなくて……」

「じゃ、宰領には食べながら聞いてもらうことにして、おまえさんにはお茶を淹れようね。それで、相談って、亮吉のことなのかえ？」

おぬいが膝の上で指を扱《しご》きながら、ええ……、と頷く。

お葉はおやっと首を傾げた。

龍之介の話では、昨日は亮吉の初めての藪入りなので、うんと美味しいものを作って食べさせると張り切っていたというのに、一夜明け、おぬいのこの暝《くら》い表情はどうだろう……。

「それが、今朝、この子の寝床を畳《たた》もうとしたら、蒲団《ふとん》の下にこんなものが……」

おぬいはそう言うと、帯の間から半紙にくるんだ包みを取り出した。

おぬいが包みを開いてみせる。

なんと、小判ではないか……。

それも、五枚はあるだろうか。

「なんだって！　この金を亮吉が隠し持っていたというのかえ？」

お葉は思わず声を荒げた。

亮吉が叱《しか》られたとでも思ったのか、身体を硬くして項垂《うなだ》れる。

「どこから持って来たのか、見世の金を盗んだのかと訊ねても、この子、首を振るばかりで……。内緒なんだ、内緒なんだ、と莫迦の一つ覚えみたいに呟《つぶや》くばかりで、あたし、どうしたらいいんだか……。かといって、息子がこの金を隠し持っていましたと達磨屋に届けられないではないですか。いえ、もちろん、猫ばばするつもりはありませんよ。けど、事情が判らないままでは達磨屋に申し開きが出来ず、亮吉は即座に暇を出されるでしょう。しかも、間に入って下さったこちらさまにも迷惑がかかります。それで、達磨屋に行く前に、女将さんに相談しようと思いまして……」

おぬいはそこまで言うと、わなわなと身体を顫《ふる》わせた。

「この子、お縄になるんですよね？　こんな子が牢《ろう》に入ったり寄場《よせば》送りになると、仲間はずれになったり、いえ、それどころか虐待《ぎゃくたい》されて、とても生きていくことは出来ないでしょう……。ならば、いっそのやけ、この子を道連れに大川に飛び込もうかと……。ああ、あたしがこんな子を産んじまったばかりに……」

おぬいは激しく肩を揺すった。

「おぬいさん、莫迦なことを言うもんじゃないよ！　清太郎、もうお飯《まんま》を食っちまったんだろう？　おっかさんたちは込み入った話があるから、おまえはおせいのところに行っといで！　おはま、清太郎を厨に連れてっておくれでないか」

お葉がおはまに目まじする。

清太郎はぷっと河豚《ふぐ》のように頬を膨《ふく》らませ、渋々《しぶしぶ》と厨に去った。

「亮吉、女将さんの顔を見るんだよ。いいかえ、本当のことを話してくれないかな？　ごらんよ、おっかさんがこんなに困ってるじゃないか。おまえ、おっかさんのことが大好きなんだろ？　だったら、困らせないように本当のことを話すんだね。女将さんね、おまえが五両の金を盗んだとは思っちゃいない……。だって、そうだろう？　おまえには金なんて必要ないもんね？　それに、おっかさんを悦ばせようと思って盗んだのだとしたら、夕《ゆん》べのうちにおっかさんに渡しただろうし、隠す必要なんてなかったもんね。だからね、女将さんはおまえが誰かからこの金を預かったと思ってるんだ。もしかすると、おまえは金と知らないまま預かったのかもしれない……。おっかさんに内緒なんだと言ったというけど、そういうことなんだね？」

お葉が亮吉の顔を覗き込む。

亮吉は団栗眼《どんぐりまなこ》を二度三度瞬《しばたた》き、こくりと頷いた。

正蔵やおぬいが驚いたといった顔をする。

「なんと、亮吉の奴、頷きやがった……。さすがは女将さんだぜ。亮吉が誰かから預かったと見抜いたんだもんな！」

お葉は正蔵の世辞口《せじぐち》など意に介さずとばかりに続けた。

「誰から預かったのか、女将さんに教えてくれないかな？」

亮吉は狼狽え、俯《うつむ》いた。

「内緒なんだもん……」

「誰にも言うなと言われたんだね？　けど、おまえにこの金を預けた奴は、預けっぱなしにしておけないから、おまえのところに取りに来るよね？　だって、そうだろう？　藪入りで見世を離れるおまえにせっかく金を持ち出させたのに、取りに来なければ、再び、おまえはこの金を持って見世に戻ることになるんだからさ……。それで、そいつ、どこに取りに来ると言ってた?」

「…………」

「じゃ、女将さんが当ててようか? そいつ、奥川町の裏店を訪ねて来ることになってるんだろう?」

亮吉が上目遣いにお葉を窺い、慌てて目を伏せる。

お葉は間違いないと直感した。

「おぬいさん、亮吉はいつまでに達磨屋に戻ることになってるのかえ?」

「七ツ半(午後五時)までに、あたしが送り届けるってことになっていますけど……」

「じゃ、これからだ! おぬいさん、亮吉を連れて、急いで裏店に戻っておくれ。あたしは友七親分に知らせて、すぐに駆けつけるからさ!」

お葉が鳴り立てると、おぬいは解ったのか解らないのか、訝しそうに首を傾げてみせた。

「何やってんだよ! さあ、早く裏店に戻るんだよ。いいかえ、あたしたちが駆けつけるまでにそいつが訪ねて来たら、なんだかんだと引き留めておくんだよ。亮吉が可愛ければ、嘘八百でも並べ立て、ひと芝居打つんだね。さあ、早くってば！」

お葉の剣幕に、おぬいは前後を忘れたようにして日々堂を後にした。


達磨屋の手代栄治《えいじ》が奥川町の裏店を訪ねて来たのは、八ツ（午後二時）だった。

友七とは、まず亮吉一人が金を手に表に出て行き、金を渡したその瞬間、物陰に隠れた友七が背後から声をかけ、お葉がおぬいの部屋から出て挟み撃ちに……、と打ち合わせてあった。

栄治という男は二十二、三歳であろうか、気の弱そうな丸顔の男だった。

「済まねえな、助かったぜ。こりゃ駄賃だ。取ってくんな」

栄治は早道《はやみち》（小銭入れ）から小白《こじろ》（一朱銀）を一枚摘《つま》み出すと、亮吉の手に握らせようとした。

「亮吉、受け取るんじゃねえ！」

友七が屑箱《くずばこ》の陰から飛び出し大声を上げると、栄治はぎくりと身体を返した。

「そうだよ、そんなものを受け取ったら、おまえもこの男の片棒を担《かつ》いだことになるんだからさ！」

お葉がおぬいの部屋から飛び出す。

栄治は挟み撃ちを食った恰好《かっこう》となり、慌てふためいた。

「俺が一体《いってえ》何をしたって……」

「何をしたかだと？　じゃ、この五両がどういった金か説明してもらおうじゃねえか！」

友七が栄治の手にした包みを十手《じって》でつつく。

「これ……。これでやすか。糞《くそ》！　この抜作《ぬけさく》が。暴露《ばら》しやがったな！」

栄治がチッと舌を打ち、亮吉を睨《ね》めつける。

「生憎《あいにく》だったね！　亮吉はおまえに内緒だと言われたもんだから、最後まで秘密を守ろうとしたさ……。だがね、自分じゃ穴明《あなあ》き銭（四文）一枚だって使いこなせない亮吉が、五両も持ってるなんて考えられないじゃないか。しかも、現在《いま》は藪入りだ。里帰りをする亮吉に金を託せば、簡単に見世の金を持ち出せるからさ……。達磨屋の旦那や番頭は見世の金がなくなっても、まさか、亮吉が持ち出したとは思わないだろうからね。それで、これはきっと狡《こす》っ辛《から》い見世の誰かが亮吉を利用したに違いないと読んだのさ！　亮吉は人を疑うことを知らないから、内緒だよと言われれば、誰に訊かれても口を割ろうとしない……。ふン、そこまで計算するとは、おまえ、人の善さそうな顔をして、なかなか隅《すみ》に置けないじゃないか！」

お葉が凄味《すごみ》を利かせて詰め寄ると、栄治は尻毛を抜かれたような顔をし、後退《あとじさ》った。

「ち、違うんだ……。この金は節季の払いの金なんだ。番頭さんに頼まれて、今日、俺が届けることになってたんで、一足先に見世を出た亮吉に預けたんだ……」

「置きゃあがれ！　てんごう言うのも大概《てえげえ》にしな。節季の払いだと？　だったら、亮吉に預けることはねえじゃねえか！　万が一ってことを考えれば、てめえが大切《てえせつ》に保管するのが筋ってもんじゃねえのかよ。おう、四の五の言っても始まらねえや！　おめえの話が本当かどうかは、達磨屋の番頭に質《ただ》せば済む話だからよ。さあ、どうしてエ、この脚《あし》で清住町まで行こうじゃねえか！」

友七が栄治の腕をぐいと摑む。

栄治は観念したのか、がくりと肩を落とした。

達磨屋では、金箱の中から五両が消えていることに気づいていなかった。

「手前《てまえ》が栄治に節季の払いを託したですと？　滅相もない……。しかも、その金を何も知らない亮吉に預けるとは……」

番頭の武市《たけいち》は、開いた口が塞がらないといった顔をした。

「それで、達磨屋としてはこの男をどうする？　栄治が言うには、五両の金を届けなければ、親父が作った借金の形《かた》に妹が女衒《ぜげん》に引き渡されちまうそうだが、だからといって、見世の金に手をつけてよいはずがねえからよ。しかも、やり口が汚《きたね》え！　てめえの手で持ち出さなかったのは、万が一、夕べのうちに金箱の金が消えていることに気づかれた場合は、亮吉に罪を着せるつもりだったんだからよ！　妹の話もどこまで真実かどうか判ったもんじゃねえ。おっ、達磨屋よ、栄治をしょっ引こうか？」

友七がそう言うと、武市は慌てた。

「お待ち下さいませ！　確かに、栄治のしたことは許せることではありません。ですが、こうして金も返ってきたことだし、うちとしては見世から縄付きを出すわけにはいきません。もちろん、栄治には即刻暇を出しますが、どうか、此度のことはご内聞《ないぶん》に……。なっ、亮吉、おまえもそれでいいだろう？　おまえは栄治に騙《だま》され、利用されたわけだが、許してやれるよな？」

武市が亮吉に目を据える。

亮吉は臆《おく》したように目を瞬いたが、こくりと頷いた。

「そうだね。それがいいだろう。この男を大番屋に送り込んでも、後味が悪いだけだからさ。ねっ、おぬいさんもそれでいいだろう?」

お葉がおぬいに目まじする。

「滅相もない! あたしに悪いなんて言えっこありません。元はといえば、うちの莫迦息子が起こしたことなんです。中身が何か糺《ただ》しもしないで預かるなんて、あたしは申し訳なくて、達磨屋さんになんと言って謝ればよいのか……。申し訳ありません。どうか、この莫迦息子を許してやって下さいませ」

おぬいは畳に頭を擦《す》りつけるようにして、詫《わ》びを言った。

「もう、よい。頭を上げなさい。なに、亮吉が悪いのじゃない。亮吉が一度言われたことはもういいよと言われるまでやり徹《とお》す性分《しょうぶん》と知り、それを利用した栄治のほうが悪いのだからよ」

「では、亮吉はこのまま達磨屋にいてもよいと?」

「ああ、達磨屋には、不平ひとつ言うことなく、何に対しても真摯《しんし》に向き合う、亮吉のような者が必要なのでな」

「有難うございます。ああ、良かった……。あたしは亮吉がやりくじってばかりで、見世の皆さんに迷惑をかけてるんじゃないかと心配をしていましたが、では、あたしが傍にいなくても、あの子、少しは皆さんの役に立っているんですね?」

おぬいは心《しん》から安堵したようである。

そうして、黒江町の日々堂に帰って来てからのことである。

「栄治の奴、出来心なんだろうが、亮吉を利用したんだから、酷《ひで》ェ話よな……。達磨屋もお店から縄付きを出したとあればお咎《とが》めがあるもんだから、それで栄治を訴えなかったんだろうが、栄治にとっちゃ、永《なげ》ェ藪入りとなったもんだぜ！　新たに奉公先を見つけるにしても、達磨屋は請状を書かねえだろうし、悪事、千里を走るというから、はてさて、難しいだろうて……」

友七がお葉の淹れた茶を口に含み、美味《うめ》ェ！　と相好《そうごう》を崩す。

「けど、今日中に五両の金を作らないと、妹が女衒に引き渡されると栄治が言ってたけど、どうするつもりなんだろうね」

お葉が気遣わしそうに眉根を寄せる。

「なに、あいつに妹なんていねえさ。万八《まんぱち》（噓）も万八、大万八さ！」

えっと、お葉が息を呑む。

「親分、知ってたのかえ！　だったら、そう言ってくれればいいのに。なんだえ、人が悪い……」

「だから、妹の話もどこまで真実かどうか判ったもんじゃねえと言っただろうが……。いや、達磨屋の前で、万八だと暴露してやってもよかったんだが、言ったところで、達磨屋は栄治を訴えようとしなかっただろうし、だったら、せめて栄治の万八を信じる振りをしてやってもいいかと思ってよ」

「けど、栄治は五両もの金を何に使うつもりだったんだろうか……」

「大方、手慰《てなぐさ》みにでも嵌《はま》ってるんだろうが、虫も殺さねえような顔をして、ああいった輩《やから》が一等始末が悪くてよ……。だがよ、達磨屋にしてみれば、此度のことで栄治を追い払えたんだから、ぼた餅《もち》で叩かれたようなもんでェ！　おっ、そう考えれば、亮吉は達磨屋に大いに貢献したってことになるな！」

友七がにたりと嗤《わら》う。

すると、そのとき、お葉の腹がくぐもった音を立てた。

「あら、嫌だ！　お腹が空いちまったよ。そういえば、中食を食べようとしたところにおぬいさんが来たもんだから、あたし、何ほども食べちゃいなかったんだ……」

お葉が照れ笑いをし、厨の障子《しょうじ》を開ける。

「おはま、何か食べさせておくれよ。ひだるくなっちまった……」

洗い物をしていたおはまが振り返り、くすりと肩を揺らす。

「はいはい、そうおっしゃるのじゃないかと思って、握り飯を作っておきましたよ！」

「おかたじけ！　じゃ、頼んだよ」

お葉は長火鉢の傍に戻ると、友七の湯呑に二番茶を注《つ》いだ。

「せっかくの韮雑炊を食べ損《そこ》ねちまったよ。牡蠣や卵が入っていて、美味そうだったのに、ああ残念……」

「なんでェ、小娘みてェに……。だが、牡蠣や卵の入《へえ》った韮雑炊とは、そりゃ美味そうだな」

「だろう？　ああ、なんだろう。食べ損ねたと思ったら、無性《むしょう》に食べたくなっちまった！　けど、雑炊はふやけちまうから、取っておくことが出来ないしさ……」

おはまが膳を運んで来る。

「おや、なんですか、その不服そうな顔は……。さては、韮雑炊に未練たらたらのようですね。そう来るだろうと思って、ほら！　文句は食べてからにして下さいね」

なんと、おはまが差し出した箱膳には、握り飯と香《こう》の物、それに、牡蠣や韮の入った煮麺《にゅうめん》が載《の》っているではないか……。

「戸田さまが帰られたらすぐに作れるようにと、雑炊の汁を残しておいたんですけどね。この時刻まで帰って来ないところをみると、恐らく、中食は道場で済まされたのでしょう。だったら、夕餉まで残しておいても仕方がないですからね。雑炊にしようかと思ったんですが、女将さんのためにすでに握り飯を作っていましたんでね。それで、汁代わりに煮麵にしてみたんですよ」

「さすがは、おはま！　気が利くじゃないか」

「こいつァ、美味そうじゃねえか！」

「親分もお上がりになります？」

「ああ、貰おうか」

「あいよ！」

おはまがいそいそと厨に戻って行く。

お葉は椀を手に、ひと口煮麵を啜ってみた。

韮の香りと牡蠣の旨味《うまみ》が、五臓六腑《ごぞうろっぷ》に染《し》みわたっていく。

冷えきった身体に、ぽっと灯《あか》りが点《とも》ったようである。

「さあ、お待たせ」

おはまが友七の煮麵を運んで来る。

「それにしても、戸田さま、遅いですよね？　夕餉には戻ってみえるかしら……」

おはまがお葉を窺う。

そうだった……。

龍之介のことも気懸《きが》かりだったのである。

本来ならば、手放しで悦んでよいはずの師範代の就任を、なぜかしら、龍之介が渋っている様子が気になってならない。

それは、日々堂の仕事が出来なくなるということとはまた別の、躊躇《ためら》いのようなもの……。

が、それが何なのかは分からない。

お葉はつと頭を擡《もた》げた危惧《きぐ》を払うようにして、わざと明るい口調で言い切った。

「戻って見えるさ、きっとね！」


その頃、龍之介は要律寺《ようりつじ》の境内《けいだい》にいた。

刻《とき》は七ツ（午後四時）過ぎとあり、辺りを雑木林《ぞうきばやし》で覆《おお》われた境内はすでに薄暗い。

「真《まこと》のことを申せ！」

田邊朔之助《さくのすけ》が一歩前に詰め寄って来る。

「だから、何度も言うように、此度のことは師匠のご意思なのだ……。今朝になって、俺も次期師範代はおぬしだと申し渡されたわけでよ。あんまり突然のことなんで、何ゆえなのかと訊ねても、これは師匠のご意思で、今日、皆の前で明らかにされることになっている、が、おぬしにだけは前もって知らせておくと言われたのでは、反論のしようがないではないか……」

龍之介の胸に、チカッと痛みが走った。

やはり、嘘を吐くのは苦手である。

「師匠のご意思と言われてしまえば、俺も三崎も黙って従うより仕方がないのだろうが、どうにも納得がいかなくてよ。だって、そうだろうが！　剣術の腕は俺もおぬしも三崎も、ほぼ互角……。剣の道を志《こころざ》すものなら誰だって、席順を上げたい！　その想いのみで日々研鑽《けんさん》を積んできたというのに、試合もせずに次期師範代を決められるとは……。考えてもみろよ、これまで、川添道場では師範代の座をかけて現在《いま》の師範代と三枝さまとが勝負し、また、次期道主の座を巡《めぐ》っては現師範代と藤枝が勝負したという経緯があるのだ。それなのに、此度だけは、試合もせずに決められるとは、どう考えても納得がいかぬからよ……。おぬしの裏工作があったとしか考えられないではないか！」

田邊は血走った目をぎらぎらと光らせ、また一歩、躙《にじ》り寄った。

「止《よ》せよ！　裏工作など天骨もない。俺がそんなことをするわけがないじゃないか」

「だったら、なぜ、試合をさせて下さらない！」

「待てよ、田邊。俺だって、いっそ試合で決着をつけたほうがすっきりとすると思っている。だがよ、師範代と藤枝のときのことを考えてみろよ。三枝さまとて同様だ……。試合での決着ならいっそすっきりとすると思っても、実際はそうではないはないか……。譬《たと》えようのない敗北感に打ちのめされ、蟠《わだかま》りが深い痼《しこ》りとなって胸に残るでではないか……。師範代も香穂さまも、あのときの苦い想いにいまだに苛《さいな》まれておいでだ。だから、此度だけは、それを避けたいとお思いなのだ」

「…………」

「それに、三人で闘ったとして、仮におぬしが敗者となったとしたら、おぬし、その後も平然として道場に通えるか？」

「…………」

「倒された相手を見る度に、こいつに負けたから……という想いに苛まれないか？栄進をかけた試合というものはそういうもので、通常の試合とは違うのだ。だからこそ、二度と藤枝のときのような悔恨を残さないように、師匠はご意思を明らかにされたのだ……」

田邊がきっと顎《あご》を上げる。

「それは解る。だが、それがなぜ、戸田なのだ？　確かに、戸田は鷹匠《たかじよう》支配《しはい》の家に生まれ、自身も品行方正《ひんこうほうせい》かもしれん。だが、剣術の腕からすれば、俺や三崎と互角と思ってもよい。もっとも、為人《ひととなり》と言われたのでは身も蓋もないが、立場や環境で変わるのも人といえる……。師匠はそこまで考えて下さったのだろうか？　いや、違う！　現在《いま》の師匠はろくに会話が出来ないほど弱っておいでだ。師匠が次期師範代を戸田龍之介にと裁断を下されるはずがない！　戸田、本当のことを言ってくれ……。これは、師範代の考えなのだろう？」

「…………」

龍之介は言葉に詰まった。

「ほれみろ！　図星のようだのっ。俺は先《せん》に師範代に女ごのことで面倒をかけたことがあってよ……。師範代はそのことをいまだに根に持っておられるのだ！　確かに、あの頃は俺も荒れていた。おぬしは知っているかどうか判らぬが、俺は田邊家の婿養子でな。小普請組《こぶしんぐみ》の立場がどんなに辛《つら》いものか……。何しろ、無役の五十俵なのだから、小普請支配と月に三度の面談をしなくてはならないうえに、年に一度は小普請金《こぶしんきん》を納めなくてはならない……。しかも、女房や姑《しゆうとめ》からは立身なされとやいのやいのと責め立てられる始末でよ。それで、鬱憤《うっぷん》を晴らすかのように女ごに逃げていたのだが、あるとき、女ごに無理心中を図られ、そのときのびり沙汰で師範代に迷惑をかけることになったのよ。だが、それに懲《こ》りてからは、二度と遊里には脚を向けていない……。女房からも約束させられてよ。立身が無理なら、剣術で身を立てなされと……。それからだ、俺の腕が上達したのは……。だから、何が何でも、おぬしに負けるわけにはいかないのだ！　なっ、解ってくれよ、戸田……」

田邊は胸前で手を合わせ、縋《すが》るような目で龍之介を見た。

「止《よ》せ。止《や》めるんだ！」

「頼む。師匠のご意思であろうと、方法はある！　何か理由をつけておぬしに辞退してもらうことは出来ないだろうか……。三崎はすでに諦《あきら》めたようだが、俺は後に退けないんだ。解ってくれ、このとおりだ……」

ああ……、と龍之介は目を閉じた。

田邊はここまで師範代の座に固執しているというのに、俺はどうだろう。

どだい、師範代になることを望んでもいなければ、妻子もおらず、護る人もいない……。

「田邊……」

龍之介は田邊の目を瞠めた。
「師匠や師範代が納得して下さるかどうか解らないが、おぬしを師範代にするように
と説得してみよう」
田邊の顔に色が戻った。
「そうしてくれるか！　忝《かたじけ》ない……、この恩は生涯忘れないからよ」
「いや、説得してみるが、師範代がなんと言われるかは解らない。それでもいいな？」
「ああ、解った」
田邊はようやく眉を開くと、深々と辞儀をし、要律寺の山門を抜けて行った。
龍之介がぶるっと身震いをする。
見ると、ちらちらと粉雪が舞っているではないか……。
龍之介もゆっくりとした足取りで山門を潜《くぐ》った。
が、そのとき初めて、ここがお葉の父嘉次郎《かじろう》の眠る、よし乃屋《のや》の菩提寺《ぼだいじ》と気づき、
もう一度、本堂へと目を返した。
少し話したいという田邊を連れ、何気なく脚を踏み入れたのだが、ここがお葉に纏《まつ》
わる寺だったとは……。
なぜかしら、龍之介は因縁《いんねん》のようなものを感じた。

ふと、お葉の顔が浮かび、続いて、清太郎が、正蔵が、おはまが……。
ああ、俺はもうすっかり日々堂の一員なのだ……。
そう思うと、なおさら、師範代の座を田邊に譲らなければ……、と思った。
風に煽《あお》られ、眼前で粉雪が乱舞する。
その中を、龍之介はゆっくりとした足取りで歩いて行った。

草おぼろ

川添観斎が亡くなったのは、立春を翌日に控《ひか》えた、節分の四ツ半（午後十一時）のことである。

知らせを受けた戸田龍之介は、深夜にもかかわらず、急ぎ松井町へと駆けつけた。

すると、道場にはすでに田邊朔之助が駆けつけていて、式台《しきだい》の前で龍之介の到着を待っていた。

田邊は龍之介の姿を認めると、遅いぞ！　と気を苛《いら》ったように言い、龍之介の腕をぐいと摑《つか》んだ。

田邊の屋敷は両国橋を渡った内神田……。

知らせを受けてすぐに屋敷を出たとしても、龍之介より早く松井町に着くはずがない。

すると、田邊は観斎の臨終《りんじゅう》をここ数日と見て、道場に寝泊まりしていたのであろうか……。

龍之介が次期師範代の座を田邊に譲《ゆず》りたいと申し出て半月が経《た》つが、師範代の耕作からまだ正式の許しを得たわけでもないのに、此《こ》の中《じゆう》、田邊がすっかりその気になっているところをみると、充分、考えられる話であった。

「おい、いよいよだ。戸田、改めて礼を言うぞ。師匠の葬儀を滞《とどこお》りなく終え、その後、師範代が道主になると同時に、俺が師範代を継承することとなった」

田邊が耳許《みみもと》で囁《ささや》く。

「えっ、だが、まだ正式なお許しが……」

龍之介が訝《いぶか》しそうな顔をすると、田邊は鬼の首でも取ったかのような顔をした。

「それが、出たのよ。夕べな……」

あっ、と龍之介は田邊を凝視《ぎようし》した。

案の定、田邊は耕作の歓心を買おうと、道場に寝泊まりをしていたようである。

「昨夜、師範代が、やはり、やる気のある者にやらせるのが筋であろう、当初は戸田にと思ったが、あの者はどこかしら熱意が足《た》りぬ……、とそうおっしゃってのっ。まっ、俺も二度と遊里に脚《あし》を向けない、今後は、剣術一筋に全《まつと》うすると一札《いつさつ》入れたのだがよ。おっ、ここで立ち話をしていても埒《らち》が明かぬ。早く、師匠に最後の別れを……。病間で、師範代がお待ちだ！」

田邊は鼻柱《はなばしら》に帆《ほ》を引っかけたみたいな顔をして、ポンと龍之介の肩を叩《たた》いた。

病間に伺《うかが》うと、観斎の枕許《まくらもと》に侍《はべ》っていた耕作が、おっと目まじし、傍《そば》に寄れと促《うなが》した。

観斎は長患《ながわずら》いですっかり頬《ほお》が痩《こ》け、元々中高《なかだか》な面差《おもざ》しのためか、どこかしら烏天狗《からすてんぐ》を想《おも》わせた。

が、その表情は存外に穏《おだ》やかで、やっと安らぎを得たといった感がある。

「師匠、長い間、有難《ありがと》うございました」

龍之介が小声で呟《つぶや》く。

「最期《さいご》は苦しむこともなく、眠るように息を引き取られた……。今宵《こよい》の六ツ半（午後七時）頃だったか、わたしが次期師範代を田邊朔之助に決めることにしましたが、お許し願えますでしょうかと師匠の耳許で訊《たず》ねたのだが、その折には、かすかに頷《うなず》かれたような……。いや、そんな気がしただけなのかもしれぬが、それから一刻《いっとき》（二時間）ほどして息が荒くなり、急遽《きゅうきょ》、医者を呼んだのだが、間に合わなかった……」

耕作はそう言うと、龍之介に目を据《す》えた。

「思うに、師匠は道場の行く末を見届けられ、安堵《あんど》して息を引き取られたのだろうて……。戸田、これで良かったのだな？　師匠を前にして、改めて訊ねるが、次期師範代は田邊でいいのだな？」

「はい。武士に二言はございません。それに、これだけは申し上げておきます。わたくしは田邊が師範代となった暁《あかつき》も、これまで通り、助手を務めさせていただきとうございます。先日、三崎とも話しましたが、三崎もそのつもりでおりますゆえ、どうか、ご安心下さいませ」

「あい解《わか》った。では、二日後の葬儀の後、皆に公表しよう。ふふっ、それにしても、先日、師匠のご意思を明らかにしたのは茶番よのっ！　今考えてみると、なんのために明らかにしたのか……」

「いえ、ですからそれは、なんとでも……。ご意思を明らかにした後に、わたくしに愚劣な行為が見られたとおっしゃって下さっても構いません。それならば、師範代が師匠のご意思を取り消されたとしても、皆が納得してくれるでしょう」

「………」

　耕作は驚いたといった顔をした。

「いいのか、そんなことを言っても……。そんなことを言えば、おぬしが皆から蔑《さげす》まれるのだぞ」

「構いません。しばらくは愚劣な行為とはなんぞやと目引き袖《そで》引き噂《うわさ》されるでしょうが、わたくしがどこ吹く風といった態度で徹《とお》せば、そのうち皆も忘れてくれるでしょう」

「戸田、おぬしという男は……」

「莫迦《ばか》につける薬はございません。兄からもよくそんなふうに言われておりましたゆえ、慣れております」

そこに、耕作の妻香穂が、婢《はしため》や下男を引き連れ入って来た。

下男が観斎の枕許に屏風《びようぶ》を逆《さか》さまに立て、経机《きようづくえ》の上には灯明《とうみよう》、香炉《こうろ》、水、枕飯《まくらめし》などが供《そな》えられ、通夜《つや》の準備が始まった。

香穂が小太刀《こだち》を刀架《かたな》けにかけ、龍之介を瞠《みつ》める。

「隣室にて、お茶を召し上がって下さいませ」

「おう、それがよい。仕度《したく》が出来るまで、我々は隣《となり》の部屋で待とうぞ」

耕作が立ち上がり、龍之介もそれに続いた。

すると、香穂が傍に寄って来て、小声で囁く。

「戸田さま、本当によろしいのですか？　葬儀の席で公表されてしまうと、二度と、覆《くつがえ》すわけにはいきませんのよ」

龍之介は香穂の目を見返すと、黙礼した。

その刹那《せつな》、確か、以前にもこんな状況を経験したように思った。

ああ……、と龍之介はと胸を突かれた。

義弟《おとうと》の哲之助《てつのすけ》が内田琴乃《うちだことの》と祝言《しゆうげん》を挙《あ》げることになったと、嫂《あによめ》の芙美乃《ふみの》から聞かされたときのことである。

芙美乃は、それでよろしいのですか？　今なら、まだ間に合いますのよ、わたくし、琴乃さまにお知らせしましょうか、と探《さぐ》るような目で龍之介を見た。

芙美乃は、龍之介と相思《そうし》の仲であった琴乃を、哲之助に取られてもよいのか、と言いたかったのであろう。

そんなことがあっていいはずもない。

が、内田家からいずれ嫁に出なければならない立場の琴乃と、戸田家の冷飯《ひやめし》食いの自分が所帯を持てるわけもなく、それで悶々《もんもん》とした想いを吹っ切る意味で戸田の家を出て、市井《しせい》の暮らしに身を甘んじるようになった龍之介であった。

その後、琴乃の兄威一郎《いいちろう》が不慮《ふりよ》の事故に遭《あ》い急死してしまったのは、なんという運命の悪戯《いたずら》であろうか……。

琴乃の立場が一転した。

婿《むこ》を取り、内田家を継《つ》がなければならなくなったのである。

龍之介への想いが断ちきれない琴乃は、龍之介が千駄木の家を出てからも、懸命に行方《ゆくえ》を突き止めようとした。

ところが、それを阻《はば》んだのが、継母《はは》の夏希《なつき》であった。

夏希は龍之介を捜《さが》し出して琴乃の婿養子にと内田家から打診された際、龍之介は千駄木を出てすぐに所帯を持った、現在《いま》では武家の身分も捨て、市井の人間としてそれなりに幸せに暮らしているので、捜し出すのは龍之介には迷惑かと……、と言ったというのである。

しかも、夏希は琴乃の婿に、我が腹を痛めた哲之助はどうだろうと内田家に迫ったという。

共に鷹匠《たかじよう》支配《しはい》の戸田、内田にとって、両家の縁組はどちらにとっても望ましいことである。

琴乃にしても、龍之介がすでに所帯を持ち、幸せに暮らしていると聞かされたからには諦《あきら》めるより仕方がなかった。

すべてが夏希の画策……。

だが、それが判《わか》ったとてなんになろう。

すでに結納《ゆいのう》が交《か》わされた後でもあり、いかに夏希憎しといっても、哲之助は龍之介にとっては義弟である。

琴乃にしてみれば、なさして武家に執着を持たない自分と所帯を持つよりは、平凡な哲之助と手を携《たずさ》え、これからの人生を歩んでいくほうがよいかもしれない……。

確か、あのときの、龍之介と芙美乃の会話はこうだったと思う。

「それはお止《や》め下さい。琴乃どのにはわたしが武家を捨て、幸せに暮らしていると思わせていて下さい」

「けれども、そんな嘘《うそ》はすぐに暴露《ばれ》てしまいますわよ」

「自然に解る分には致し方ございません。ですが、現在《いま》はそっとして、二人が祝言を挙げるのを見守ってやることです。両家にとっても、琴乃どのにも、むろん、哲之助にも、これが最良の選択なのですから」

「それで、龍之介さまは本当に構わないのですね？　内田家に入れば、鷹匠支配の座が待っているし、琴乃さまという好き合った方と添うことも出来るというのに、弟のためにみすみす幸せを棒に振るなんて……」

芙美乃は理解しがたいといったふうに、首を傾《かし》げた。

何をやっているのだろう、俺は……。

あのときと、ちっとも変わってはいないではないか！

龍之介は胸の内で苦笑した。

だが、これでよい、これでよいのだ……。

龍之介は背中に香穂の視線を痛いほどに浴び、耕作の後に従い、隣室へと入って行った。


「戸田さま、どうしちまったんだろう……。遅いじゃないか」

味噌汁《みそしる》の入った鉄鍋《てつなべ》を茶の間に運んで来たおはまを見て、お葉が聞くとはなしに独《ひと》りごちる。

「それが、友造の話じゃ、夕《ゆん》べ遅くに道場から遣《つか》いの者が来て、慌《あわ》てて戸田さまが出て行ったというんですよ……。なんでも、戸田さまは師匠が危篤《きとく》だとか口走っていたというんだけど、今朝になっても蛤町の仕舞《しも》た屋に帰って来ないところをみると、駄目だったんじゃないですかね」

おはまはそう言い、鍋敷の上に鉄鍋を下ろした。

「駄目だったんじゃねえかって……。おめえ、よくもまあ、そんなにけろっとした顔をして……」

正蔵が呆《あき》れ返ったように言う。

「だったら、どんな顔をしろというのさ！　戸田さまの師匠が亡くなったからって、日々堂には関係のないことなんだからさ」

おはまがムッとする。

お葉は太息《ふといき》を吐《つ》いた。

「近々、こんな日が来ると解っていたんだろうけど、戸田さまにしてみれば、大恩のあるお方が亡くなったんだ。さぞや、辛《つら》いことだろうさ……。てことは、夕《ゆん》べが通夜で、今日が野辺送《のべおく》りってことかえ？」

「いえ、戸田さまが仕舞た屋を出たのが四ツ（午後十時）を廻《まわ》っていたというから、通夜が今宵で、野辺送りは明日になるのじゃありませんか……」

「そりゃそうさ。川添道場ともなると、門弟の数も多いからよ。さぞや、盛大な葬儀となるだろうて」

「ほら、ごらんよ。だから、あたしら下々《しもじも》の者は出る幕じゃないってことでさ！」

おはまが味噌汁を装《よそ》い、今朝は蜆《しじみ》だよ、と清太郎に目まじする。

「するてェと、いよいよ、戸田さまが師範代におなりになるんでやすね？　けど、思ったより早かったですね」

正蔵がしみじみとした口調で言う。

「そうだよね。春までは保《も》たないと思ってたが、まさか、こんなに早く師匠が亡くなられるとは……。けど、なんだか、戸田さまがどこか遠くに行っちまうような気がして、本当は悦《よろこ》んでいい話なのに、どこかしら心寂《うらざみ》しくってさ……。妙だろ？　あたしったら戸田さまに、師範代になったからってこれまでと何一つ変わりはしないと嘯《うそぶ》いちまったのにね。けど、本音《ほんね》を言うと、師範代になんかにならずに、今までどおり、代書の仕事をしてもらい、清太郎にやっとうの稽古《けいこ》をつけてもらいたいと思ってるんだよ……」

「うん。おいらもそのほうがいい！」

清太郎が目を輝かせる。

「けど、そうはいかないんだよ。可哀相《かわいそう》だけど、諦めな」

そう言うと、清太郎は唇を尖《とが》らせ、潮垂《しおた》れた。

「清坊《せいぼう》を道場に通わせてはどうですか？　女将《おかみ》さん、戸田さまに頼んでごらんなさいよ」

おはまがお葉を窺《うかが》う。

「あたしもそう思ったんだけど、清太郎はまだ九歳だろ？　武家の子はもっと早くから束脩《そくしゅう》を入れるというけど、川添道場は他の道場に比べて水準が高いというからさ。切紙《きりがみ》以下の子なんて、とてもとても……」

「切紙って……」

おはまが訝しそうな顔をする。

「おめえ、そんなことも知らねえのかよ！　切紙目録《もくろく》といってよ、師匠が門弟に与える最下位の免許状なのよ。切紙の次が目録、目録の次が準免許、中ゆるしとなり、その次が免許、奥ゆるし。そうして、戸田さまのような高弟が皆伝《かいでん》となるのよ」

正蔵がどうだとばかりに鼻蠢《はなおごめ》かせる。

「ふン、知ったかぶりしちゃってさ！」

おはまが憎体《にくてい》に言うと、お葉が目で制す。

「おはまが知らなくても当然さ。あたしだって知らなかったからね。けど、どういうわけか、川添道場の水準が他の道場より高いってことだけは知ってるんだよ。石鍋の敬吾さまは、確か目録だと思うけど、道場が違うからね。川添道場に行けば、切紙に格下げされるかもしれない……」

「そうだ！　だったら、清坊を敬吾さまと同じ道場に通わせちゃどうでやす？」

正蔵が身を乗り出す。

すると、清太郎が不服そうに頬をぷっと膨《ふく》らませた。

「嫌だよ、おいら！　どうしても、戸田先生がいい……。先生でなきゃ、おいら、やっとうなんて習いたくねえ！」

「清坊、本当に、戸田さまのことが好きなんだね」

「おはま、駄目だよ、そんなことを言っちゃ！　とにかく、戸田さまが師範代になられたら、清太郎と接する機会が少なくなるんだからさ。さあさ、朝餉《あさげ》を食べちまおうよ」

お葉はそう言うと、蜆汁を口にした。

誰も、もう何も言わない。

言うと、その言葉の端《はし》から、するりと龍之介がすり抜けていくように思えたのである。

そうして朝餉が済むと、遽《あわただ》しい日々堂の一日が始まる。

お葉は中食《ちゅうじき》までの暇を見て、蛤町の喜之屋を訪ねようと思い、日々堂を出た。

その後、お楽がどうしたかと気になっていたのである。

喜之屋には先客がいた。

出居衆《でいしゅ》（自前芸者）の福助である。

「まあ、姐《ねえ》さん、お久しぶり……」

福助に逢《あ》うのは三年ぶりとあって、お葉は胸が一杯になった。

「本当に……。喜久治さんが日々堂の旦那と所帯を持って以来だから、かれこれ、三年になるかね？　まあ、すっかり大店《おおだな》の内儀、いや、そうじゃなくて、今や、女《おんな》主人《あるじ》なんだもんね……。けど、おまえ、出居衆の頃より輝いて見えるよ。よほど、便り屋の女主人が性《しょう》に合ってるんだろうね。それに引き替え、あっちは相も変わらずでさ。というか、すっかり水気がなくなっちまって……。老けただろう？」

福助が結い上げたばかりの島田《しまだ》に、ちょいと手を当てる。

「ううん、ちっとも！　相変わらず引く手数多《あまた》とお座敷がかかり、忙しそうじゃないか」

お葉はそう言うと、一の鳥居を潜《くぐ》ったところで買って来た、大福餅《だいふくもち》をお楽の前に差し出す。

「お持たせだけど、皆で食べようよ。今、お茶を淹《い》れるからさ！」

お楽は肩を竦《すく》めた。

「喜久治ったら、あたしをいつまで病人扱いするのさ。お茶くらい、あたしが淹れますよ！　いいから、喜久治、坐《すわ》ってな。客はおまえさんたちなんだからさ」

お楽が茶櫃《ちゃびつ》の蓋《ふた》を開け、茶の仕度を始める。

産んですぐに手放した子を捜してくれとお葉に頼んだ頃に比べると、お楽はずいぶんと元気になったものである。

お葉はいそいそと茶の仕度をするお楽を見て、目を細めた。

「おかあさんが元気を取り戻してくれて、本当に良かった……」

「そりゃそうさ。元吉が十歳で亡くなるまでは、紅師《もみし》夫婦に可愛《かわい》がられ、幸せに暮らしていたと判ったんだもの……。やっぱり、あの子はあたしの許《もと》にいるより幸せだったんだと思うと、手放したことは間違っていなかった、中条流の手にかけずにこの世に送り出したことも、間違っていなかったんだと思ってさ……。十歳でこの世を去らなければならなかったことを思うと不憫《ふびん》だけど、喜久治、おまえ、言ってくれただろう？　短くとも、それだけ密度の濃い生き方をしたんだから、あの子はおかあさんがこの世に送り出してくれたことを感謝しているよって……。あたしさァ、その言葉を聞いて、どれだけ救われたか……。いつまでも、くじくじしてちゃいけないなと思ってさ。それからだよ、元気になったのは……」

お楽がお葉と福助に茶を勧める。

「そうだったんだってね？　あっちはおかあさんに子供がいたなんて知らなかったもんだから、その話を聞いて驚いちまってさ……。けど、聞くと、喜久治さんがその子の行方を捜してくれ、どんな来《こ》し方《かた》だったのか調べてくれたというじゃないか。あっちからも礼を言うよ。済まなかったね。有難うよ……」

福助が頭を下げる。

「姐さん、止《よ》して下さいな。あたしが調べたわけじゃないんだよ。友七親分がわざわざ日本橋檜物町まで脚を延ばしてくれたんだからさ」

「何言ってんだよ。その友七親分に渡《わたり》をつけてくれたのが、喜久治さん、おまえさんじゃないか！　親分に渡をつけることが出来たのは、喜久治さんだからこそ……。あっちにはそんな芸当は出来ないし、また、したところで、洟《はな》も引っかけちゃもらえなかっただろうからね……」

確かに、そうかもしれない。

友七はお葉の頼みだから快《こころよ》く引き受け、すぐさま動いてくれたのだが、他の者ではそうはいかなかったであろう。

大概《たいがい》の者が友七に懼《おそ》れをなし、胸襟《きょうきん》を開いて話が出来ないのである。

が、お葉と友七はあ、うんの呼吸で、何も語らずとも、相手が何を思っているのかまで解り合えた。

それが、どこから来るものなのか分からない。

ただ、お葉が十歳の頃から現在まで、二人は父娘《おやこ》以上の深い信頼で結ばれていることだけは事実だった。

「だからさ、今回のことでは、本当におまえさんに感謝してるんだよ。だって、おかあさんがこんなに元気になったんだもの……」

福助が再び頭を下げる。

まるで、母に代わって、実の娘が礼を言っているようではないか……。

それに、満足そうなお楽のこの顔はどうだろう……。

「それでね、あたしもこうして元気になったことだし、今月中にでも、喜之屋の跡目を福助に継がそうと思ってさ。喜久治、おまえも言ってただろう？　福助に女将の座を明け渡すのは、あたしが元気を取り戻してからでないといけないって……。ほら、あたしはこんなに元気になったんだ！　それで、現在《いま》のうちに置屋《おきや》の女将がどんなものなのかを福助に教えておかなきゃと思ってさ。だって、ほら、いつまたあたしが弱気になるかもしれないからさ……。いえね、今月中に跡目を継がせるといっても、しばらくはあたしが女将を務めるよ。ただ、福助には仕舞た屋を引き払ってここに移り住んでもらい、あたしが傍について女将の仕事を教えるってことでさ……。だから、いきなり隠居するって意味じゃないんだよ」

お楽がお葉を窺う。

「なんだえ、そんなことを気にしていたのかえ……。あい解った！　あたしが福助姐さんに女将の座を明け渡すのはまだ早いと言ったのは、隠居しちまったら、一気に老け込んじまって、おかあさんの居場所がなくなると思ったからなんだよ。けど、今の話じゃ、おかあさんは大女将として当分は君臨するんだろ？　それに、姐さんもおかあさんが先代を最期まで大切にしたように、今後もおかあさんのことを一番に考え、大切にしてくれるだろうからさ！」

お葉はそう言うと、福助の目を瞠めた。

その目には、お楽のことを蔑《ないがし》ろにするようなことがあれば、このあっちが許さないからね！　というお葉の想いが込められていた。

「もちろんだよ！　あっちがおかあさんを蔑ろにするわけがないじゃないか……。喜久治さんがおかあさんを大切に思うのと同じくらい、ううん、それに負けないくらい、あっちにはおかあさんが大切なんだから……」

福助がそう言い、お葉を瞠める。

二人の視線が絡《から》まり、どちらからともなく、ふっと頬を弛《ゆる》めた。

「さあ、大福餅を頂こうか。おや、美味《おい》しそうじゃないか！」

お葉がわざと燥《はしや》いだように言う。

が、その目は涙に潤《うる》んでいた。

お楽の目にも涙が溢《あふ》れ、今にも零《こぼ》れ落ちそうである。

見習から半玉《はんぎよく》へ、そして一本となり、そして、どちらも出居衆となった福助とお葉……。

そして現在《いま》は、片や便り屋日々堂の女主人であり、もう一人はいずれ置屋の女将に……。

歩んでいく道は違っても、お楽から見れば、手塩にかけた二人の娘……。

その二人の娘にここまで慕われているのであるから、お楽が嬉《うれ》しさのあまり感涙に噎《むせ》んだとしても不思議はなかった。

「ホント、美味しそうじゃないか！　これ、どこの大福餅かしら？」

福助の目も潤んでいる。

カッと胸に熱いものが込み上げてきて、お葉はわざと明るく言った。

「栄寿堂《えいじゆどう》だよ。美味《うま》いに決まってるじゃないか！」


お楽に暇《いとま》を告げ日々堂に戻ってみると、茶の間でおこんが待っていた。

「おこんじゃないか！　ああ、良かった……。やっぱり、戻って来てくれたんだね。ゆっくりしてきていいとは言ったが、猫実村に帰ったきり、もう二十日《はつか》だろ？　その間、文《ふみ》の一つもくれないし、一体どうしちまったのだろうかと案じていたんだよ！」

お葉が矢も楯《たて》も堪《たま》らないといったふうに傍に寄り、おこんの手を握る。

するとそこに、厨《くりや》から、おはまがやって来た。

「そうだよ、心配したんだよ。女将さんなんて、おこん、今日は戻って来るよね、このまま戻って来ないなんてことはないよねって、毎日のように訊ねるんだもの……。そんなことを訊《き》かれたって、あたしに答えられるわけがない！　町小使《まちこづかい》（飛脚《ひきやく》）たちも、日に何度も、おこんから文が届いていないかえと女将さんに訊ねられるもんだから、いい加減うんざりしてたんだよ！」

おはまが笊《ざる》に盛った蜜柑《みかん》を、長火鉢《ながひばち》の猫板《ねこいた》に置く。

「おこんさんが土産《おみや》にって、蜜柑を買って来てくれましてね。高かっただろうに、気を遣わせちまったね」

「いえ、勝手をさせていただいたうえに、心配までかけちまったんだもの、このくらい……」

おこんは鼠鳴《ねずみな》きするような声で呟き、深々と頭を下げた。

「申し訳ありませんでした。二、三日で帰るつもりだったのに、こんなに長く勝手をさせてもらって……」

「そうだよ！　長くなるのならなるで、その旨《むね》を知らせてくれれば、案じることはなかったんだ……。そりゃ、女将さんはこれまで我勢《がせい》してきたんだから、しばらくのんびりしてくれて構わないと言って下さったよ。けど、それならそれで連絡してくれないことには、何か困った事態に陥《おちい》ってるのじゃなかろうかと心配したって仕方がないじゃないか！」

おはまが言葉尻を荒げる。

「おはま、そう甲張《かんば》ったように鳴り立てるもんじゃないよ。きっと、おこんにはおこんの事情があったんだろうからさ。何があったのか、まず、それを聞こうじゃないか」

お葉がおこんの顔を瞠める。

「おまえ、ここを発《た》つ前に、永いこと気にかかっていたことを確かめたいと言ってたよね？　そのことと関係があるのかえ？　差し支《つか》えなければ、話してくれないかえ」

おこんは伏し目がちに、はい、と頷いた。

「実は、下総に残してきた娘が息災でいるのか、どんな身のありつきをしているのかが気になっていましたんで……」

お葉とおはまが、驚いたように顔を見合わせる。

「娘って……。おこん、おまえ、娘がいたのかえ？」

「はい。十八のときに父《てて》なし子を身籠《みご》もりまして……。そのことで、海とんぼ（漁師）をしていた父親《ておや》が激怒しまして、誰の子か言え、言えないようならおまえを久離《きゅうり》（勘当）すると、あたしを追い出してしまったんです。あたしはたった一人で娘を産み、その後は乳飲み子《ちのご》を抱え、隣村の海辺に蒲鉾《かまぼこ》小屋を借りて、若布《わかめ》や栄螺《さざえ》、鮑《あわび》を捕って立行《たちいき》してたんですが、時折、米や野菜を届けてくれていた母親が亡くなり、しかも、娘が四歳の時に高熱を出しましてね。ところが、医者に診《み》せようにも薬料《やくりょう》が払えない始末で……。そんなあたしに薬料を立て替えてやってもよいと声をかけてくれたのが村役《むらやく》さんで、あたしは藁《わら》をも摑む想いでその話に飛びつきました。娘の病は麻疹《はしか》ということでしたが、幸い大事には至らず助かりました。けれども、村役さんから借りた金を返す術《すべ》もなく、かといって、今さら実家《さと》に泣きつくことも出来ません。その頃には、あたしのことを御助《おすけ》（好色女）だの売女《ばいた》呼ばわりをした父親は亡くなっていましたが、三歳離れた弟というのが、これまた父親に瓜割四郎《うりわりしろう》（そっくり）で、父と二人して、二度と家の敷居を跨《また》がせないと身重《みおも》のあたしを叩き出したほどですから、とても頼ることは出来ません……。それで、どうしたものかと考え倦《あぐ》ねていたところに、村役さんから、娘を里子に出さないかと話があったんですよ。子を一人育てるということは並大抵のことではない、いつまた、医者にかからなければならないようなことになるかもしれないし、世の中には、生活《たつき》に余裕《ゆとり》があっても子に恵まれない者もいれば、子に恵まれても育てていくだけの余裕のない者もいる、自分に委《まか》せておけば、必ずや、この娘《こ》が幸せに暮らしていけるように計《はか》らうが……。村役さんはそんなふうにあたしを説得されましてね。あたしには村役さんが救いの神のように見えました」

おこんはそこまで言うと、辛《つら》そうに唇を噛《か》んだ。

「先《せん》に、おはまさんから、おまえさん、赤児《やや》を産んだことがあるんじゃないかえ、と言われたことがあります。辛かった……。腹を痛めた子を手放したなんてことが言えっこありませんもの……。亡くなった旦那さんは親子の情愛を何よりも大事にされるお方でしたしね。あたしが我が子を手放したと知れば、そんな女《おな》ごに大切な息子は託せないと言われるのじゃないかと思って……」

「そんなことはない！　旦那は懐《ふところ》の深い男《ひと》だからね。人にはそれぞれの事情があることをちゃんと解って下さったはずだよ。けど、そんなんじゃ、おまえ、清太郎の乳《う》母《ば》を務めるのは辛かったのじゃないかえ？」

お葉がそう言うと、おこんは即座に首を振った。

「辛くなかったといえば嘘になりますが、それより、再び赤児《やや》に接することが出来る悦びのほうが大きくて……。清太郎坊ちゃんが四歳になるまでは、ああ、あたしの娘もこんなふうだったなって思ったり、四歳以降は、きっと娘もこんなふうに育っていったんだろうな、と経験できなかったことまで味わわせてもらいました」

「それで、その娘《こ》はどこに貰《もら》われて行ったんだえ？」

お葉がお茶を淹れながら、おこんを窺う。

「それは判りません。村役さんの話では、一旦手放したが最後、二度と娘に逢おうと思ってはならない、娘が一日でも早く里親に馴染《なじ》み、幸せに暮らしてくれることを願うのは構わないが、出来るものなら、子を産んだことを忘れてしまうほうが賢明だと……。それで、あたし、娘のことを忘れる意味で、江戸に出ることにしたんです。下総から離れ、生き馬の目を抜くといわれる江戸でなら、人の荒波に揉《も》まれるうちに娘のことが忘れられるのじゃなかろうかと思いましてね……。事実、お店《たな》奉公をしているうちに、いつしか、自分が子を産んだということすら忘れかけてたんです。けど、日々堂に上がって、清太郎坊ちゃんのお世話をさせてもらうようになり、再び、娘のことが無性《むしよう》に気になるようになりましてね。無事に育ってくれたのだろうか、手放したときが四歳だったから、現在《いま》は二十三……。今頃は所帯を持って、亭主や子に囲まれて暮らしているのだろうかとか、いや、もしかすると、とっくの昔に亡くなったとか、生きていたとしても、決して幸せとはいえない暮らしを強《し》いられているのではなかろうかと、さまざまな想いが駆け巡《めぐ》り、せめて無事かどうかだけでも確かめたいと思うようになったのです」

「それで、娘の居所《いどころ》は判ったのかえ?」

お葉がおこんに茶を飲むように促す。

「ええ。猫実村に戻ってすぐに村役さんを訪ねてみたんです。なんといっても、あれから二十年近く経っていますからね。あのとき、村役さんは里親の名は口が裂けても言えないとおっしゃったけど、現在《いま》なら、教えて下さるのじゃないかと思ったんですよ。案の定、村役さんは逢って母娘《おやこ》の名乗りを上げるのでなければということで、教えて下さいました。けど……」

おこんが眉根《まゆね》を寄せる。

「どうしたのさ!」

おはまがせっつくように身を乗り出す。

「船橋《ふなばし》の履物商《はきものしよう》の家に貰われて行ったということだったんだけど、訪ねてみると、十年前に身代限《しんだいかぎ》りをしていましてね。それで、近所の人に履物商の家族がどこに引っ越したのかと訊ねてみたんですよ。すると、上総《かずさ》の茂原《もばら》というところが履物商の出所《でしよ》で、そこに帰って百姓をすると言っていたというじゃないですか……」

「まっ、それじゃ、おまえ、茂原まで捜しに行ったというのかえ?」

お葉が驚いて甲張った声を出す。

おこんは頷いた。

「こうなったからには、乗りかかった船です。とことん行くところまで行かなければという気になりましてね」

「それで、見つかったのかえ?」

「ええ、ようやく……。けど、百姓といっても水呑百姓《みずのみびやくしよう》もいいところで、あたしが娘を産んだ直後に住んでいた蒲鉾小屋よりもっと酷《ひど》い、ほったて小屋同然の家に住んでいましたよ。しかも、養父というのが茂原に移り住んで間なしに亡くなり、現在《いま》は、娘が小作仕事をしながら病の養母を世話をしている始末で……。あたしね、これまでは、あの娘《こ》の居所を突き止めても、遠目に姿を眺めるだけで、決して母娘《おやこ》の名乗りを上げないつもりでいたんですよ。けど、現実を目《ま》の当たりにしてしまうと、名乗らずにはいられませんでした。だって、そうでもしないと、娘は赤の他人からお金を受け取ってくれませんもの……」

おこんは太息を吐くと、続けた。

「あたし、あの娘《こ》の前で土下座して謝りました。そして、養母にも、ここまで娘を育ててくれたことを感謝し、あたしに出来ることならなんでもしたい、と申し出たんです。すると、あの娘《こ》、身体《からだ》をぶるぶると顫《ふる》わせて鳴り立てるんですよ。今頃、実の親だと名乗り出るなんてふざけるんじゃない！　あたしの親は、今ここで病に臥《ふ》しているおっかさんだし、死んだおとっつァんなんだ、現在《いま》でこそこんな暮らしをしているが、船橋にいた頃は、双親《ふたおや》に可愛がられてどんなに幸せだったか！　あたしはこの二人から充分な愛を受けて今日まできたんだ、おまえなんかの出る幕じゃない、病のおっかさんはあたし一人で面倒を見るから、とっとと帰ってくれって、それはもう、けんもほろろで……。でも、そう言われたってしょうがないんですよね。あたし、あの娘《こ》に教えられたような気がしました。どんなに貧しくとも、苦しくとも、決して、我が子を手放しちゃいけなかったんですよ……。だって、現在《いま》のあの娘《こ》、まだ二十三だというのに襤褸《ぼろ》を継《つ》ぎ接《は》いだ素綺羅《そきら》（粗末な衣服）を纏《まと》い、ざんばら頭をじれった結びにして、夜の目も寝ずに働き、病の養母を護《まも》ろうとしてるんですからね……。あたし、喉元《のどもと》に刃《やいば》を突きつけられたような、しっぺ返しをされたような想いに陥りましたよ……」

おこんは涙声ながらも懸命に泣くのを堪《こら》えていたが、堪《たま》りかねたのか、わっと両手で顔を覆《おお》った。

お葉がそっと手拭《てぬぐい》を手渡す。

「済みません。泣かせて下さい……。ウッウウッ……」

「いいから、お泣き。気が済むまで泣くがいい」

お葉は十歳のときに自分を捨てた、母久乃《ひさの》のことを想った。

陰陽師《おんみようじ》に入れ揚《あ》げ、見世《みせ》の金を持って出奔《しゆつぽん》した久乃……。

そのため、太物商よし乃屋は身代限りとなり、父嘉次郎が自裁《じさい》してしまったのであるから、子供心に、お葉はどんなに久乃を恨《うら》んだことだろう。

そんな母を見返す意味で、お葉は他人《ひと》に頼らず、芸の道で自立することを選んだのだった。

おこんの娘の場合は四歳で実の母と引き離されたのだが、四歳にもなれば、記憶の端に実母の思い出が残っていたとしても不思議はない。

詳《くわ》しい事情までは解らないまでも、他人《ひと》の手に委《ゆだ》ねられたことで、娘は母に捨てられたと思ったのではなかろうか……。

あたしはこの二人から充分の愛を受けて今日までできたんだ、おまえなんかの出る幕じゃない、病のおっかさんはあたし一人で面倒を見るから、とっとと帰ってくれ！

この言葉は、幼児のときに味わった悔《くや》しさが言わせたもの……。

が、その底辺には、やはり、実母を慕う娘の想いがあるように思えてならない。

病の養母を前にして、娘には、素直におこんの胸に飛び込んで行けなかったのではなかろうか……。

そう思うと、おこんにとっても娘にとっても、辛い再会であったといえよう。

おこんはひとしきり泣くと、手拭で涙を拭《ぬぐ》い、顔を上げた。

「そんなわけで、あたしは娘に何もしてやることが出来ませんでした。けど、帰り際《ぎわ》、気づかれないように、水甕《みずがめ》の横に懐紙で包んだお金を置いてきてやったんですよ。節季に頂いた半季分の給金と、これまでこつこつと貯《た》めてきたお金や、それに、ここを発つとき女将さんが持たせて下さった路銀などを併《あわ》せて、三両ほどのお金を置いてきたんです。その中に、現在《いま》は病の養母のことがあり身動きが取れなくても、いつか、こんなあたしでも頼りにしようかという気になったときのために、日々堂の場所を書いた紙切れを入れておきました。そんなわけなんで、もうしばらく、日々堂であたしを使って下さいませんか？　これからも、時折、娘に僅《わず》かでもお金を送ってやりたいし、何かあったときのために、今後はいっそう始末して、お金を貯めておいてやりたいと思いますんで……。ふてらっこい（図々《ずうずう》しい）話とお思いでしょうが、どうかよろしくお願いします」

おこんが飛蝗《ばった》のように、ぺこぺこと頭を下げる。

「おこん、頭を下げなくてもいいんだよ。おまえはふ、て、ら、っ、こ、く、なんてないさ！　うちはおまえにいてもらわなきゃ困るんだ。正《まさ》な話、おまえに二十日も見世を空《あ》けられたもんだから、お端女《はした》たちが音《ね》を上げていたからね。この日々堂において、おこんの存在がどれだけ大きいか、皆もよく解ったと思うよ。だから、堂々と胸を張って、ここにいればいいんだよ！」

お葉は励《はげ》ますように、威勢のよい声を上げた。

「そうだよ、おこんさん！　気にすることはないんだよ。それにさ、きっといつか、娘もおまえさんの気持を解ってくれるよ。それが母娘《おやこ》ってもんだからさ！　あたしなんて、おちょうと毎日のように遣《や》り合って、こんな憎ったらしい娘はいないと思うが、血は水よりも濃いからさ。根っこの部分では解り合ってるんだよ」

貰い泣きをしていたおはまも、前垂《まえだ》れで目許《めもと》を拭い、優しい言葉をかける。

「まっ、美味そうな蜜柑じゃないか！　一つ、頂こうかね」

お葉は微笑《ほほえ》むと、蜜柑の皮を剝《む》いた。

おはまは味噌汁の入った鉄鍋を運んで来ると鍋敷に置き、何か忘れ物でもしたとみえ、慌てて厨に戻った。

が、どうやら忘れ物ではなかったようで、再び茶の間に戻って来たおはまは意味ありげな笑いを湛《たた》え、龍之介の前にぬっと割籠《わりご》を突き出した。

龍之介が何事かといったように、目をまじくじさせる。

「弁当だよ。開けてごらん」

「弁当って……」

「だって、今日から、戸田さまは師範代だろ？　中食は道場で仕度してくれると聞いたけど、何しろ一日中道場に詰めてるんじゃや、小腹《こばら》が空《す》くかもしれないと思ってさ。それで、小中飯《こじゅうはん》（おやつ）にどうかと思って作ってみたんだよ……。まっ、今日の様子を見て、小中飯の必要がないようなら、明日からは作らないけどさ」

おはまは気を利《き》かせたつもりなのだろう、鼻柱に帆を引っかけたような顔をした。

龍之介が慌てる。

「おはまさんの気持は有難いが、実は、師範代を断ったんだよ」

えっと、茶の間にいた全員が息を呑《の》む。

「断ったって……」

「一体全体《いってぇぜんてぇ》、何があったというんでェ！」

「そうだよ。戸田さま、何も言ってくれなかったじゃないか」

お葉たちは口々に言うと、訝しそうに顔を見合わせた。

「済まない。早く皆に報告しなければならなかったのだが、師匠の葬儀やら何やらでバタバタして、つい……」

「バタバタして、ついいったたって……。師匠が思ったより早く亡くなっちまったもんだから、ああ、これで戸田さまはこれまでのように二六時中《にろくじちゆう》日々堂にいることは出来なくなるんだなって、あたしたちはそれぞれに心に折り合いをつけようと懸命になっていたんだよ！　断ったのなら断ったで、もっと早く言ってくれてたら、こんな想いをすることはなかったのに……。もォ、戸田さまったら！」

お葉の目が涙で潤んでいる。

どうやら、お葉は龍之介が師範代を辞退したと聞き、安堵のあまり、思わず熱いものが衝《つ》き上げてきたとみえる。

見ると、おはままでが前垂れで涙を拭っているではないか……。

こうなると、もう朝餉どころではなかった。

空腹《からはら》のはずの清太郎までが箸《はし》を置き、龍之介の言葉を待っている。

「いや、それがよ……」

龍之介は観念したかのように、田邊朔之助に師範代を譲った経緯を話し始めた。

「まっ、なんて人が好《よ》いんだろ、戸田さまは……。戸田さまが次期師範代になるってことは、師匠や師範代、奥さまの総意だというのに、愚劣な行為があったと万八《まんぱち》（嘘）をついてまで、田邊さまに師範代の座を譲るなんてさ！　けど、そこが戸田さまの優しさであり、奥ゆかしさでさ……。ううん、男気《おとこぎ》があるといってもいい！　戸田さま、あたしは嬉しいよ……」

お葉が目頭《めがしら》を押さえる。

「そうでェ、師範代になんかならなくても、戸田さまには俺たちがついてるからよ」

正蔵がそう言うと、おはまが槍《やり》を入れる。

「莫迦だね、おまえさんは！　戸田さまがあたしたちについていて下さるんじゃないか！」

「どっちだって同じさ。つまりよ、戸田さまはこれまでどおり、代書の仕事をして下さるってことなんだからよ」

「おいらのやっとうの先生もだよ！」

清太郎が嬉しそうに燥《はしや》ぎ声を上げる。

「清坊、良かったね！」

「うん。じゃ、これまでのように、先生、おいらと一緒に中食を食べてくれるんだね！」

「ああ、そういうことだ」

すると、おはまが、あら嫌だ！　と膝《ひざ》を打つ。

「てことは、弁当が無駄になっちまったよ」

「いや、頂くよ。おはまさんのせっかくの厚意だ。食わないわけにはいかないだろう。そんなわけだから、おはまさん、今日の中食はこの弁当でいいよ」

「あっ、いいんだ！　ねっ、ねっ、何が入ってるの？」

清太郎が興味津々《しんしん》に割籠の蓋を開ける。

「わっ、美味そう……」

清太郎がごくりと生唾《なまつば》を呑む。

割籠の中には、握り飯や玉子焼き、それに、里芋《さといも》、人参《にんじん》、椎茸《しいたけ》、蓮根《れんこん》、隠元豆《いんげんまめ》の煮染《にしめ》、法蓮草《ほうれんそう》の胡麻《ごま》和《あ》えが彩《いろど》りよく詰められていた。

「いいんだ、先生だけ！　おいらも中食は弁当がいい……」

清太郎がおはまに甘ったれたような視線を送る。

「ああ、いいよ。戸田さまに作ったお菜《さい》が残っているから、清坊にも弁当を作ってやろうね」

「ヤッタ！」

清太郎が腕を突き上げる。

「じゃ、戸田さまはこれまでどおりってことで、さあ、朝餉を食べようじゃないか。おや、お汁《つゆ》がすっかり冷めちまったじゃないか……」

お葉がそう言うと、温め直してきますんで、先に上がっていて下さいな、とおはまが鉄鍋を持ち上げる。

お葉は皆の茶碗《ちゃわん》にご飯を装いながら、再び、凡々《ぼんぼん》とした日常が戻って来たことに安堵の息を吐いた。

と同時に、自分はなんと身勝手なのだろうとも思った。

本来ならば、龍之介が栄進できなかったことを残念に思わなくてはならないのに、こうして悦んでいるとは……。

正蔵が鯵《あじ》の干物をつつきながら、ぽつりと呟く。

「だがよ、つくづく思うに、戸田さまって欲のねえお方なんだよな」

龍之介も自嘲《じちよう》するかのように、片頰を弛めた。

「宰領《さいりよう》の言うとおり……。俺はまたもや自《みずか》ら身を退《ひ》いてしまったんだからよ」

お葉の胸にチカッと痛みが走った。

龍之介は義弟《おとうと》哲之助とのことを言っているのであろう……。

龍之介の胸に、今も内田琴乃への想いが居坐《いすわ》っていることをお葉は知っていた。

哲之助が内田家の婿養子に入り、一旦は琴乃への恋慕を断《た》ち切ろうとした龍之介であるが、琴乃と哲之助の間に生まれた女児が哲之助の失態のせいでこの世を去り、以来、二人の間が甘《うま》くいっていないと判ってからというもの、再び、龍之介の胸は千々《ちぢ》に乱れ、思い屈しているのである。

今こそ、疵《きず》ついた琴乃を支えてやりたい……。

とはいえ、内田家において、針の筵《むしろ》に坐らされているような想いで、鬱々《うつうつ》とした気分を酒で紛《まぎ》らわせているという哲之助……。

そして、救いを求めるかのように龍之介を瞠めたという琴乃……。

龍之介にはどうしてやることも出来ないだけに、なおさら、板挟みとなり辛いのではなかろうか。

よかれと思って身を退いた結果がこうなのだから、龍之介にしてみれば青天《せいてん》の霹靂《へきれき》といってもよく、どちらを向いても、疵はますます深くなっていく……。

まさか、田邊に師範代の座を譲ったことで、同じ轍《てつ》を踏むことになりはすまいか……。

そこまで考えることもないのだろうが、なぜかしら、龍之介の言葉の裏には深い意味があるように思え、お葉の心をきやりとさせたのだった。

おはまが味噌汁を温め直して戻って来る。

「さあさ、お待たせ！　今朝は大根《だいこん》と油揚《あぶらあげ》、若布の味噌汁だよ」

「おや、清太郎、今、味噌汁が来たというのに、もうお飯《まんま》を食っちまったのかえ？　じゃ、お代わりをしようか？」

「うん。おいら、お飯の上に味噌汁をかけて、猫飯《ねこまんま》にして食うんだ！」

「これっ、行儀の悪い！」

「いいよね、シマ？　おいらとシマは仲間なんだもんな！　ほら、シマ、鰺の骨をやるから待ってなよ」

清太郎が猫のシマの前に、干物の載《の》った皿を置いてやる。

ミャア……。

「ごらんよ、シマの奴、返事をしたぜ！」

清太郎の燥《はしや》ぎ声に、龍之介が頬を弛める。

子供はなんと無邪気なのだろう……。

今、この場に清太郎がいてくれることに、これほどの安らぎを覚えるとは……。

「清太郎、手習指南《てならいしなん》から戻ったら、俺と一緒に八幡宮《はちまんぐう》にでも行くか？　そこで弁当を食って、午後からはやっとうの稽古だ！」

龍之介が清太郎に目まじする。

「ヤッタァ！　けど、午後からまた石鍋先生のところに行かなきゃなんないんだけど

「……」

「なに、構うもんか！　午後からは用があって俺と出かけなくちゃならないので、手習は休みますと断っておけばいいんだよ」

清太郎がさっとお葉を窺う。

「いい？　おっかさん……」

お葉はわざと渋面《じゅうめん》を作ってみせた。

「悪い子だね、この子は！　戸田さまも戸田さまだ。こんな小さな子に万八を吐《つ》けと教えるんだからさ」

「ええェ、駄目なの……」

途端に、清太郎が潮垂れる。

「これっ、顔を上げな！　いいよ。行っといで。けど、手習指南を休んだり、そのために万八を吐くのは、御座切《おざぎり》(これっきり)だからね！」

そう言ってやると、清太郎はパッと目を輝かせた。

「ヤッタァ！　おっかさん、有難う」

「そりゃそうと、さっき八幡宮の境内《けいだい》で清太郎の姿を見かけたが、一緒にいた男は……」

友七がパリッと音を立てて小金煎餅《こがねせんべい》を齧《かじ》り、お葉を窺う。

「ああ、戸田さまだよ」

友七が目を瞬《しばたた》く。

「やっぱ、そうだよな？　いや、後ろ姿しか見なかったんだが、二本差しだったもんでよ。まさか……、と思ったんだが、ありゃ、やっぱ、戸田さまだったんだ。けど、妙じゃねえか……。師範代になった戸田さまが、今時分、清太郎と一緒に八幡宮を彷徨《うろつ》いてていいのかよ？」

「それがさ……」

お葉は友七の湯呑《ゆのみ》に二番茶を注《つ》ぎながら、龍之介が師範代を同僚の田邊朔之助に譲った経緯を話す。

「なんと……」

友七は開いた口が塞《ふさ》がらないといった顔をした。

「お人好しもそこまでいくと、莫迦《ばか》がつくってもんでよ！　やっぱ、戸田さまは根っからの坊《ぼん》なのよ。育ちがよくて苦労知らずなものだから、田邊なんて御家人に足許《あしもと》を掬《すく》われちまう……。みすみす鳶《とんび》に油揚を攫《さら》われたようなもんじゃねえか！　俺《おり》ャ、此度《こたび》のことで、戸田さまを見こなし（見下げる）たぜ」

「ちょいと、耳にかかることをお言いだね！　坊《ぼん》とはなんだえ！　同じ言うなら、江戸莫迦とでも言っとくれ。これぞ、江戸の張りってもんなんだからさ！　あたしゃ惚《ほ》れたね。現在《いま》、田邊と自分のどちらに師範代の座が必要かどうか考えた末、妻子持ちで婿養子の田邊に譲ったというんだもの、なかなか出来ることじゃないよ。これぞ、男気というもんじゃないか！」

お葉が珍しく友七に食ってかかる。

「おい、止《よ》せやい。えれェ剣幕じゃねえか……。いや、俺が言いたかったのは、人の疝気《せんき》を頭痛に病《や》むもんじゃねえってことでよ。他人事に余計な心配をするもんじゃねえと言いたかったのよ。田邊って男が妻子持ちであろうと、婿養子であろうと、戸田さまには関係のねえこと……。次期師範代を選ぶに当たって、剣術の腕は互角というのに、一等最初に戸田さまの名が挙がったってことは、その田邊という男に某《なにがし》かの欠点があるからじゃねえのか？　俺ャ、それを言いてェのよ」

「欠点って……。親分、何か知ってるんだね？」

「いや、かなり前《めえ》のことだが、川添道場の高弟が裾継《すそつぎ》の女郎と死ぬの生きるのとびり沙汰《ざた》（男女間のもつれ）を起こしたことがあると、ちょいと小耳に挟んだことがあってよ。そのときは、現在《いま》の師匠、当時の師範代が間に入って丸く収めたというんだが、もしかすると、その田邊って男のことじゃねえかと思ってよ……。戸田さまは何か言っていなかったか？」

「いや、そんな話は聞いていないよ」

「そうけえ……。じゃ、別の男のことかもしれねえな」

「仮に、田邊って男のことだとしても、昔の話だろ？　改心したかもしれないし、いくら戸田さまが断ったからって、現在《いま》もびり出入《でいり》（男女関係のもつれ）が続いているような男を師範代に選ぶはずがないじゃないか！」

「まっ、そういうこったな……。おっ、お葉、気にすんな！　けどよ、おめえって女ごは可愛いぜ。嘘が吐けねえんだからよ。俺が戸田さまのことを悪し様《あざま》に言ったときのおめえの顔！　鏡があったら見せてやりたかったぜ。戸田さまが好きで好きで堪らねえって顔をしてやがったからよ！」

「ああ、好きだよ。それのどこが悪い！　戸田さまを好きなのは、あたしだけじゃないからね。清太郎だって、おはまだって、宰領だって、皆、戸田さまのことが大好きなんだ！」

「ほれ、また、ムキになる……。ああ、俺だって、戸田さまは大好きだぜ！」

「だったら、師範代を断ったからって、見こなしたなんてことを言わなくてもいいじゃないか！」

「済まねえ……。ちょいと、苛立《いらだ》たしかったもんだからよ。けど、考えてみれば、日々堂にとっちゃ、これで良かったんだよな？　戸田さまは今までどおり……。さぞや清太郎が悦んだことだろうて……」

「そうなんだよ。やっとうの稽古が続けられるってさ。石鍋の敬吾さまが通っている道場に行ってはどうかと勧めたんだけど、戸田さまでなきゃ嫌だって……。あの子さ、やっとうの稽古というより、戸田さまの傍にいられることのほうが嬉しいんだよ」

友七が茶を美味そうに飲み、おっ、とお葉を見る。

「…………」

「なんだえ、気色《きしよく》の悪い。何か言いたいのなら、はっきりと言っておくれよ！」

「じゃ、言おう。お葉、何を聞いても動揺するんじゃねえぜ」

そう言うと、友七は再びお葉に目を据えた。

「おめえ、お富《とみ》という女《おな》ごを知ってるか？」

「お富……。何をしている女ごなのさ」

「いや、おめえが餓鬼《がき》の頃のことなんだがよ。御船蔵前《おふなぐらまえ》の提灯屋《ちょうちんや》の後家《ごけ》だったんだが、おめえのお袋と昵懇《じっこん》にしていてよ。よし乃屋にもちょくちょく出入りしてたからおめえも憶《おぼ》えているかもしれねえが、実はよ、おめえのおっかさんが陰陽師に入れ揚げ、上方に出奔したとき、そのお富も一緒だったんだよ。お富だけじゃねえ……。他に二、三人の女ごが連れ立って姿を消したわけなんだが、先つ頃《さいころ》、この深川でお富を見かけたって話を耳にしたもんでよ。それで、下っ引きの波平《なみへい》や弥吉《やきち》に探らせていたのよ。お富を捜し出せば、おめえのおっかさんの近況が知れるかもしれねえと思ってよ……」

「…………」

お葉の胸がきやりと鳴った。

「親分……」

「どうしてェ、聞きたかねえか？」

「…………」

「聞きたかなかろうと、判ったことだけは伝えておく。後をどうしようと、おめえの勝手だからよ」

お葉は挙措《きよそ》を失い、目を伏せた。

「お富は石場《いしば》の女郎屋で下働きをしていたぜ。一時は、大店とまではいかねえまでも、中堅どころの提灯屋の後家だった女ごがだぜ？　歳食《とし》って、すっかり面変《おもが》わりしちまって、女郎の湯文字《ゆもじ》や消炭《けしずみ》の六尺褌《ろくしやくふんどし》を洗ってよ……。見る影もねえとは、あのことよ……。なんでも、女ごたちは各々《おのおの》有り金を持って京まで陰陽師を追いかけたというのよ。京の大原《おおはら》というところに桃源郷《とうげんきよう》を作るという陰陽師の言葉に惑《まど》わされてよ……。ところが、天骨《てんこち》もねえ！　桃源郷など真っ赤《まか》な嘘で、女ごたちは金を巻き上げられたうえに、島原《しまばら》に売られたというのよ」

お葉の顔から色が失《う》せた。

「おっ、そんな顔をするもんじゃねえ。まだ、先があるんだからよ。島原に売られたといっても、当時、おめえのおっかさんはすでに三十路《みそじ》もつれ……。お富にいたっちゃ三十路も半《なか》ばで、他の女ごたちもおっつかっつときては、二十歳《はたち》前後の女ごのようにはいかねえわな？　それで、島原も場末の場末、吉原でいえば羅生門河岸《らしようもんがし》ってとこかな？　ここ深川じゃ、佃《つくだ》の家鴨《あひる》（佃町《つくだちよう》にあった私娼窟の俗称）ってとこなんだろうが、女ごたちはあちこちの水吐場《みずはきば》に売り飛ばされてよ……。それからの身のありつきは、筆舌《ひつぜつ》に尽くしがたいものだったらしい。お富がやっと自由の身になったのは、十年前《めえ》のこと……。お富はどんなことをしてでも深川に戻りてェと思ったそうでよ。路銀を作ろうと、金になることならなんでも熟《こな》し、七年かけてやっとの思いで江戸に辿り着いた……。ところが、提灯屋の見世なんて、とっくの昔に人手《ひとで》に渡ってるわな？　それで、下働きの仕事を見つけて、石場に潜《もぐ》り込んだというのよ。お富の奴、涙を流して言ってたぜ。五十路《いそじ》を過ぎて、お迎えが近いと思えばこそ、深川に戻りたかった。生まれたのも深川なら、死ぬのも深川……。やっと戻れて、本望《ほんもう》だと……」

「それで、おっかさんは？」

お葉が恐る恐る訊ねる。

「ほれみろ、やっぱ、気になるだろう？　ところがよ、お富は大原で別れたきり、久乃には一度も逢っていねえし、噂のひとつ耳にしていねえというのよ。が、お富が言うには、おそらく、久乃はもう生きていねえのじゃなかろうかと……。というのも、久乃は騙《だま》されたと知った時点で、死んでやる、女郎に売られるなんて、そんな生き恥は晒《さら》したくないと口走っていたというのよ」

ああ……、とお葉は目を閉じた。

気位《きぐらい》が高く、権高《けんだか》なあの久乃なら、女郎に売られるくらいならと死を選ぶかもしれない……。

「久乃はおめえを捨てたことを、えれェこと悔《く》いてたとよ……。こんなことになったのは、娘を捨てたことの罰《ばち》が当たったからなんだ、娘のためにも、これ以上、生き恥を晒したくないと……」

「親分……」

お葉がきっと顔を上げる。

「そのお富さんって女《ひと》に逢えないだろうか」

友七がお葉を瞠める。

「おめえなら、そう言うと思ってたぜ。おう、逢ってみな。逢って、久乃のことでお富の知ってることはなんでも聞いてくるんだな。久乃が生きているにせよ、死んじまったにせよ、それが娘のおめえの務めだからよ」

「石場のなんて見世なんだえ？」

「銀仙楼《ぎんせんろう》というんだがよ。やっぱ、俺もついて行こう。女ご一人じゃ、とても行かせられるような場所じゃねえからよ。いかに鉄火《てっか》な喜久治姐さんだろうと、あそこは拙《まず》い……」

「親分が供《とも》なら、あたしも心強いよ。じゃ、明日の午後にでも、頼めるかえ？」

「呑込承知之助《のみこみしょうちのすけ》！」

友七がお葉の気を和《やわ》らげようと、わざと戯《おど》けた口調で言う。

が、じわじわと胸を塞いでいく重苦しさに、お葉は叫び出したい想いだった。

おっかさん……。

胸の内で呟いてみる。

莫迦、莫迦、莫迦……。

けど、あたしのおっかさんに違いないんだから……。


銀仙楼は切見世《きりみせ》だった。

黒板塀《くろいたべい》で周囲《まわり》を覆《おお》われ、中に入ると、入ってすぐの場所に御亭《ごてい》の住まいや女郎が居住する小屋があり、さらにその奥の籬垣《まがき》を潜ると、両側に長屋仕立ての三畳か四畳半ほどの小部屋が棹《さお》になって並んでいた。

なるほど、この風情《ふぜい》が大奥の局《つぼね》を連想させ、切見世のことを局見世《つぼねみせ》と呼ぶのも頷ける。

客は通路を歩きながら、局から客引きする女郎を物色し、気に入った女ごがいれば中に入って行く。

消炭が通路を行きつ戻りつ監視しているのは、そそり込み客（冷やかし）を追い払い、争い事の仲裁に入るためなのであろう。

友七が黒板塀の傍にいた消炭に声をかける。

「あっ、蛤町の……。今日はまた何か……」

消炭がひょいと会釈《えしやく》する。

「済まねえが、お富婆《ばあ》さんを呼んでくれねえか」

消炭はまたかといった顔をしたが、仏頂面《ぶつちようづら》をして、小屋の中に入って行った。

五十路過ぎの老婆が出て来る。

老婆は半白《はんぱく》となったざんばら頭を、無造作《むぞうさ》に草束《くさたば》ねにしていた。

「お富、済まねえが、顔を貸してくんな」

お富が友七の背後に立つお葉を見て、訝しそうな顔をする。

「よし乃屋の娘、そうよ、久乃の娘のお葉さんだ」

友七がそう言うと、お富はあっと目を点にした。

「おめえがよし乃屋に出入りしていた頃、この女《ひと》は十歳だったが、どうでェ、少しは面影《おもかげ》があるかよ」

　お富はあわあわと口を動かした。

「おったまげたのなんのって……。あたしゃ、久乃さんだとばかり……。まあ、おまえさんがあのときの、おようちゃんかえ？　なんと、久乃さんに瓜割四郎じゃないか！　ねっ、親分もそう思わないかえ？」

「思うもんか！　お葉は久乃なんかより、ずっとお弁天《べん》（美人）だよ！」

　お葉は深々と頭を下げた。

「久乃の娘、お葉にござんす。お久し振りと言いたいが、生憎《あいにく》、子供時分のことで憶えていないんでね、堪忍《かんにん》え……」

「ええ、ええ、そりゃ当然ですよ。あたしはこんなに焼廻《やきまわ》っちまったんだもの……。それで、今日はまた何か……」

　小柄なお富が上目《うわめ》に窺う。

「この前《めえ》、俺に話してくれたことだがよ。もう一遍《いっぺん》、この女《ひと》を前《めえ》にして話してやってくれねえか？　そうさなあ、ここで立ち話というのもなんだから、俺が消炭に渡《わたり》をつけてやるから、表で蕎麦《そば》でも食わねえか？　甘《あめ》ェもんのほうがよければ、汁粉屋《しるこや》でも構わねえが……」

友七はそう言うと、消炭を呼びつけた。

「ちょいと半刻《はんとき》（一時間）ばかし婆さんを借りるが、いいかえ？　大丈夫《でえじょうぶ》だ。女郎と違って、この婆さんは逃げたりしねえからよ。まっ、逃げたところで、行く当てもねえんだがよ。なっ、婆さんよ！」

お葉が消炭の傍に寄ると、早道《はやみち》（小銭入れ）から小白《こじろ》（一朱銀）を摘《つま》み出し、消炭の手に握らせる。

途端に、消炭は破顔した。

「へっ、こいつァ、どうも……」

「じゃ、借りるぜ！」

友七が片手を上げ、了解を得たとばかりに、黒板塀から出て行く。

三人は黒船橋《くろふねばし》の手前に蕎麦屋を見つけると、暖簾《のれん》を潜った。

「甘《あめ》ェもんのほうがよかったかな？」

友七が訊ねると、お富は慌てて首を振った。

「いえ、あたしは甘いものは苦手で……。どちらかといえば、こっちのほうで……」

お富が身振りで酒を飲む振りをする。

「ほう、成る口（いける口）か……。どうでェ、一杯《いっぺえ》いくか？」

お富は慌てて手を振った。

「滅相《めっそう》もない！　まだ日が高いというのに……」

「構うもんかえ。そうだよ、お飲みよ。消炭には袖の下を掴ませてるんだもの、大きな顔をして飲んでいきゃいいんだよ！」

お葉はそう言うと、ポンポンと手を打ち、小女《こおんな》を呼んだ。

「下《くだ》り酒をおくれ。親分も飲むかえ？」

「いや、俺は止しておこう。まだ用があるもんでよ。そうさな、盛りを貰おうか」

「じゃ、下り酒を一本。それと、酒の宛《あて》として板わさと浅草海苔《のり》……。それに、盛りを三枚ね」

小女がカタカタと下駄《げた》を鳴らして、板場に去って行く。

「親分から大体の話は聞いたんだけど、もう少し詳しく、おっかさんのことを聞きたくてさ」

お葉がお富の顔を凝視する。

お富はぽつぽつと話し始めた。

「親分にも話したんだが、あたしら、完全に騙されてね。京から来た陰陽師というのが女形《おやま》を想わせる様子のよい男で、加持祈禱《かじきとう》を望む者なんて、皆、某かの悩み事や病を抱えているもんだから、その男に祈禱してもらうだけで、身も心も洗われるような錯覚《さっかく》に陥っちまってさ……。貢《みつ》ぎ物をするのは当然のように思い、おまえのおっかさんもそうだが、女ごたちは競《きそ》うようにして金品を貢いでさァ……。ところが、その男が言うんだよ。さらに我が身を高みに上げて浄化するためには、薄汚れた巷《ちまた》に身を置いてはならない、今こそ、混じりけのない清らかな世界、桃源郷を作るときなのだ……。そう言って、京の大原というところに志《こころざし》を一《いつ》にする者が各地から集結している、おまえたちも搔《か》き集められるだけの金を搔き集め、自分の後について来いとけしかけたのさ。当時、あたしは亭主を亡くし、子供もいなくて、提灯屋を切り盛りするのにいい加減うんざりしていたからね。見世の金を持ち出せるだけ持ち出し、男の後を追ったんだよ。店衆《たなし》がどうなるかなんて微塵芥子《みじんけし》ほども考えなかった……。おまえのおっかさんだってそうさ。久乃さん、亭主に女ごがいることで、ずいぶんと悩んでいたからね。元々、久乃さんて気位が高く、しかも、おまえのおとっつァんは番頭上がりじゃないか。そんな男が自分を蔑ろにして他の女ごに走ったんだから、よけいこそ裏切られたと思ったんだろうよ……。久乃さん、言ってたよ。見世の金すべてを持ち出したのは亭主への復讐《ふくしゅう》なんだ、嘉次郎は自分の才覚でよし乃屋の身上《しんしょう》を肥《こ》やしたと思っているだろうが、天骨もない！　あたしの持参金があったからこそ、見世を持つことが出来たんじゃないかって……」

小女が酒と宛を運んで来る。

「お飲みよ」

お葉が酌《しやく》をしてやると、お富は恐縮したように首を竦めた。

「日々堂の女将さんに酌をしてもらうなんて、罰が当たりそうだよ」

そう言いながらも酌を受けると、口から迎えにいき、ああ美味い……、五臓六腑《ごぞうろっぷ》に染《し》み入るようだ！　と目を細めた。

「じゃ、平《ひら》に一つさ！　が、あとは手酌《てじやく》でやっておくれ」

お富は実に嬉しそうな顔をした。

盛り蕎麦が運ばれて来て、皆、しばらくは食べることに専念した。

そうして蕎麦湯を口にする頃になって、再び、お富は話し始めた。

「どこまで話したかね？　ああ、そうか、女ごたちが金を手に京まで男を追ったってところまでだったね。これが酷い話でさ。桃源郷なんて真っ赤な嘘！　金を巻き上げられたうえに、萱葺《かやぶ》きの百姓家に押し込められてさ……。入れ替わり立ち替わり、毎日のように女衒《ぜげん》らしき男が現れて、女ごを物色しては一人ずつ連れ出すのさ。陰陽師と男の間で金が交わされるのを見て、あたしたちは初めて身売りされるのだと気づい

てさ……。ところが、厠《かわや》に行くにも監視の目が光っているもんだから、逃げように
も逃げられない……。あるとき、久乃さんが腰紐《こしひも》を鴨居《かもい》にかけて、首括《くびく》りをしようと
したことがあってさ。けど、見つかってしまい、久乃さん、こっぴどく折檻《せっかん》されてさ
……」
お葉の顔が強張《こわば》り、びくびくっと顫《ふる》える。
「久乃さんね、身売りをするくらいなら、死んだほうがましだ、生き恥を晒しては江
戸に残してきた娘に済まないって泣いてさ……。おように済まないことをした、こん
なことになったのは、自分が母であることを忘れたからだと言ってさ。久乃さんね、
肌身離さず花簪《はなかんざし》を持ち歩いていてね。珊瑚《さんご》をちりばめた桜の花簪……。何も言わな
かったけど、ああ、きっと、娘のものなんだなって思ったよ。憶えていないかえ?
あれ、おまえさんの簪だろう?」
そう言えば、そんな花簪を持っていたような気がする。
すると、久乃はその花簪を娘のおようと思い、肌身離さず持ち歩いていたのであろ
うか……。
「ほう、してみると、久乃も母親だったってことか……」
友七がしみじみとしたように言う。

お葉の目に涙が盛り上がった。

「ごめんよ。言わないほうがよかったかね」

お富が気を兼ねたようにお葉を窺う。

お葉は慌てて首を振った。

「久乃さんのことで知っていることといえば、それだけなんだよ。というのも、翌日、久乃さんが女衒に連れて行かれちまったんでね。あたしが島原の場末に売られたのも、その翌日のことでさ……。以来、風の便りにも、久乃さんの消息は伝わってこなかった。けどさ、親分にも言ったんだが、あの女《ひと》、もうこの世にいないんじゃないかと思ってさ……。生き恥を晒すくらいなら死ぬほうがましだ、と言った久乃さんの言葉が耳に焼きついて離れないんだよ。あの女《ひと》の気性《きしょう》なら、流れに身を委ねることが出来なくても不思議はないからね……」

お富が深々と肩息《かたいき》を吐く。

お葉は紅絹《もみ》で涙を拭うと、お富に目を据えた。

「有難うよ、話してくれて助かったよ。あたしなりに、心に折り合いがついた……。手間を取らせて済まなかったね」

そう言うと、小粒《こつぶ》（一分金）をお富の手に握らせる。

「酒手《さかて》だ。諸白《もろはく》でも飲んでおくれ」

「えっ、こんなに……。なんだか悪いね」

「いいんだよ。あたしが力になれるようなことがあったら、いつでも声をかけておくれ。黒江町の日々堂といえば判るだろ?」

「ええ、ええ、判りますとも！　日々堂を知らないようでは、深川の住人とはいえないからさ」

お富は改まったようにお葉を見ると、声を顫わせた。

「立派になって……。あのちっちゃな娘が、日々堂の女主人にね……。久乃さんが知ったら、さぞや悦ぶだろうに……」

お富の目が涙で光っている。

お葉の胸がカッと熱いもので包まれた。


「女将さん……」

見世のほうから声がかかり、仏壇に線香を上げていたお葉が振り返る。

どうやら、友造のようである。

「お入り」

友造が障子《しょうじ》を開け、そっと中を窺う。

「どうしたえ？　いいから、お入り」

友造はそろりと茶の間に入ると、手にした封書を差し出した。

「この文なんでやすが、宛先が日々堂で、宛名におこんとありやすが、まさか、あの子守の……」

友造が怪訝《けげん》な顔をする。

お葉は文を受け取ると、

「日々堂のおこんといえば、一人しかいない。で、誰から……。おや、差出人の名が書いてないじゃないか」

と、首を傾げた。

「でやしょう？　それで、一体《いってえ》、どうしたものかと……」

「どうしたもこうしたもないじゃないか！　日々堂のおこん宛なんだから、おこんに渡したらいいだろう。なんなら、あたしから渡そうか？」

「そうしてもらえやすか？　じゃ、あっしはこれで……」

友造が見世に引き返そうとする。

「お待ち！　佐之助はどんな按配《あんばい》かえ？」

「大丈夫《でえじょうぶ》でやす。今も町小使に出ていやすが、脚の具合も元に戻ったみてェでやと張り切っていやすからね。まっ、以前のような飛脚走りは出来ねえみてェだが、それでもまだ、六助や与一には負けやせんからね」

……。あんまし無理をするんじゃねえと言ってるんでやすが、後《おく》れを取り戻さなくち
お葉はやれと安堵の息を吐いた。

佐之助が本格的に町小使に復帰したのは二月に入ってからだが、恢復《かいふく》したといっても、以前のように駿足《しゅんそく》を期待するのは無理なのではと案じていたのである。

「あまり無理をしないように、おまえからも注意してやっておくれよ。韋駄天走《いだてんばし》りをするだけがのうじゃないんだからさ」

「へい」

友造が辞儀をして見世に戻って行く。

お葉は文を手に厨を覗《のぞ》いた。

厨では、お端女たちが夕餉《ゆうげ》の仕度に大わらわであった。

が、その中に、おこんの姿は見当たらない。

すると、洗濯場にいるのであろうか……。

おはまがお葉の姿を見て、何か？　と首を傾げる。

「おこんは洗濯場かえ？」

「洗濯物を取り込んでいるんですよ。呼びましょうか？」

お葉はちょいと首を傾げ、ああ、そうしておくれ、と言い、茶の間に戻った。

わざわざお葉が洗濯場まで脚を運べば、お端女たちが何事かと痛くもない腹を探りかねない。

その点、茶の間でなら、人の目に立たず、おこんもゆっくりと文を読めるであろう。

「おこんですが、お呼びでしょうか？」

厨側の障子の外から、おこんが声をかけてくる。

「お入り」

するりと障子が開き、おこんが茶の間に入って来る。

「何か……」

「おまえに文が届いているんだが、心当たりがあるかえ？」

「文？　文ですか……。いえ……。一体、誰から……」

「それが、差出人の名が書いてないんだよ。とにかく開けてみな」

お葉がおこんに封書を手渡す。

おこんは怖々《こわごわ》と封書を受け取ると、文を開いた。

が、どうしたことか、茫然《ぼうぜん》としている。

「どうしたえ？　誰からなんだえ？」

おこんは困《こう》じ果てたように、顔を上げた。

「娘からなんですよ」

「えっ、まあ、それは良かったじゃないか！　それで、なんて書いてあるんだえ？」

おこんが首を振り、お葉にそっと文を差し出す。

「読めっていうのかえ？　いいのかえ、あたしが読んでも……」

そう言い、文を受け取ると、あっとお葉は息を呑んだ。

それは、文というより、借用書だったのである。

しゃくようしょ

あたし、おみえはたしかにおこんさんより三りょうおかりしました。

もばら　おみえ

たったこれだけの文章が、たどたどしい筆致で書かれているのである。

お葉は改めて封書を手にした。

こちらは、江戸深川黒江町日々堂内おこん様、となかなかの能筆《のうひつ》である。

すると、表書きは誰か他の者に頼んで書いてもらったのであろうか……。

だが、借用書とは……。

三両とは、おこんが茂原の百姓家を訪ねた際に、娘に気づかれないように水甕の横に置いてきた金のことだろう。

おこんは貸したのではなく、せめてもの罪滅ぼしにと娘にやったつもりなのである。

ワッと、おこんが前垂れで顔を覆い、肩を顫わせる。

「あの娘《こ》、あたしの金なんて欲しくないんです。だから、こんなことを……」

確かに、そうなのであろう。

が、欲しくないのなら、金飛脚《かねびきやく》を使って突き返せばよいものを、借用書を送ってきたということは、どうあれ、現在《いま》はその金を必要とし、それではあまりに悔《くや》しいので、借りたという形を取りたかったのではなかろうか。

おみえという娘の母への恨みが、ここまで深いとは……。

だが、こうは考えられないだろうか。

心《しん》から恨む人からは、誰しも、借りることすら拒《こば》むのではなかろうか……。

確かに、病の養母のためにも三両の金は喉から手が出るほど欲しいに違いなかろうが、おみえは借用書を突きつけることで、おこんとの繫《つな》がりを保ちたかったのではなかろうか。

「おこん、娘が借りてくれただけでも、嬉しいじゃないか！　突き返されてたら、おまえ、もっと哀しまなきゃならないんだよ」

お葉がおこんの肩にそっと手をかける。

おこんは前垂れで顔を覆ったまま、うんうんと頷いた。

「そうですね。解っています。あの娘《こ》、借りてくれたんですものね」

「これからも、時々、送ってやるといいよ。その都度《つど》、こうして借用書を送ってくるかもしれないが、そうこうするうちに溝《みぞ》も埋まっていき、いつの日にか、おまえを頼って訪ねて来るかもしれないじゃないか……」

おこんは再び頷くと、堪えきれずに、ワッと大声を上げて泣き崩れた。

その背を、お葉が擦《さす》ってやる。

ふっと、久乃のことを想った。

亭主と娘を捨て、見世の有り金すべてを持ち出して逃げた、母久乃……。

そのために、よし乃屋は身代限りとなり、父嘉次郎が自裁してしまったのであるから、十歳のおようはどんなに久乃を憎んだことだろう。

「おとっつァん、いつか必ずおっかさんを見つけ出し、あたしがおとっつァんの恨みを晴らしてやるからね！　そのためにも、あたし、婆《ばあ》やのところなんか行かない。このまま深川にいて、誰にも頼らず、あたし一人でも生きていく……」

嘉次郎の亡骸《なきがら》に突っ伏し、そう久乃への復讐を誓ったおよう……。

挫《くじ》けちゃならない。強くならなければ……。

おようは子供心にもその言葉をしっかと胸に刻《きざ》み、芸の道一筋で生きてきたのだった。

が、そのお陰で、甚三郎に出逢えたのである。

これほどの、福徳の百年目があるだろうか……。

夫婦《めおと》として暮らしたのはわずか半年と短かったが、甚三郎は日々堂を遺《のこ》してくれ、可愛い清太郎まで遺してくれたのである。

思えば、辛いことより愉《たの》しいことのほうが多かったように思う。

父の亡骸に縋《すが》りつき、母への復讐を誓った気持も、いつしか、お葉の中で消えかけていた。

恨んじゃならない。何事であれ、人の持つ宿命《さだめ》……。

そんな想いで今日まできたが、お富の話によれば、久乃はお葉が復讐するまでもなく天罰を与えられ、苦しんでいたのである。

およう に済まないことをした、こんなことになったのは、自分が母であることを忘れていたからだと言い、涙に暮れたという久乃……。

しかも、お葉の花簪を肌身離さず持ち歩いていたというではないか。

おっかさん……。

お葉は胸の内で呟き、おこんに囁いた。

「大丈夫だよ。いつか必ず、おまえの気持を娘は解ってくれる。それが、母娘《おやこ》というものなんだからね」

お葉の目をつっと熱いものが衝《いと》き、気づくと、はらはらと涙が頬を伝っていた。

母娘《おやこ》とは、かくも憎く、また愛しいものなのであろうか……。

二月も余すところ一日……。

ひたひたと、春はもうすぐそこまで来ている。

「開店して、そろそろ四月《よつき》か……。今宵も千草の花は大繁盛じゃないか！」

お葉がそう言うと、文哉は嬉しそうに頬を弛めた。

「お陰さまでね。常連客もついたし、この分なら、なんとか深川で商《あきな》いをやっていけそうだよ。今日は済まなかったね。わざわざ親分とお葉さんにご足労を願ってさァ……」

「なに、久々にみすずちゃんの顔が見られたのだし、めでたいことだもの、何はさておき駆けつけるに決まってるじゃないか」

お葉がそう言うと、友七も相槌《あいづち》を打つ。

「けど、驚いたぜ。おてるが米倉の養女になるという話を聞いて、おめえがいっそみすずを養女にしようかなんて言い出したが、万八でも冗談でもなく、本気で、養子縁組をしてェと言い出したんだもんな」

「親分、見掠《みかす》めないで下さいな！　あたしは一旦口に出したら、何があってもやり抜く女ごですからね！」

「解ってるってば！　文哉は偉《えれ》ェよ。おい、良かったな、みすず。おめえ、今日から独りじゃねえんだぜ。文哉というおっかさんが出来たんだからよ」

みすずは嬉し恥ずかしそうに、こくりと頷いた。

「あたしさァ、みすずを養女にと決めてから、俄然《がぜん》、張り切っちまってさ！　これまでは、みすずを下働きからいずれ小女にと思っていたが、いずれ、みすずを千草の花の女将にするのが夢となったからには、なんとしても、美味いと評判を取る見世にしなくちゃと思ってさ……」

文哉が愛しくて堪らないといったふうに、みすずを見る。

「現在《いま》でも、もう充分にいい見世じゃねえか……。板頭《いたがしら》の腕は抜群だし、瀟洒《しょうしゃ》な店構えといい、何より、女将が滅法界《めっぽうかい》の美印《びじるし》（美人）ときた！　言うことねえや」

友七が御髭《おひげ》の塵《ちり》を払う（おべっかを使う）ように言うと、文哉がめっと睨《にら》みつける。

「まっ、あんなことを言っちゃって！　あたしはおだてと畚《もっこ》は乗りたくないんでね。けど、そう言ってもらえると嬉しいよ。二人には改めて祝いの席を設《もう》けるつもりだけど、ささっ、親分、平に一つさ！」

文哉が友七に酌をする。

今宵、みすずを文哉の養女にと人別帳《にんべつちょう》を改めるに際し、お葉と友七が証人として立ち会い、お礼にまずは一献《いっこん》ということになったのである。

板頭の克二が用意したのは、八寸《はっすん》の竹皮盛《たけかわも》り……。

竹の皮の上に、横半分に切った竹筒《たけづつ》が載っていて、竹筒の蓋を開けると、小鯛雀《こだいすずめ》寿司《ずし》……。

他に、小鉢《こばち》に入った筍《たけのこ》の木の芽和え、鮟鱇《あんこう》の肝《きも》の煮凝《にこご》り、穴子八幡巻《あなごやわたまき》と車海老《くるまえび》、鯛の子の串刺《くしざ》し、空豆《そらまめ》の塩ゆでが載っていて、梅の枝がちょいと添えてある。

そして、大皿に盛った三種の造り……。

造りは鯛の松皮造《まつかわづく》り、車海老、鮪《まぐろ》である。

「今宵はほんのお口汚《くちよご》しでさ。改めて、祝膳《いわいぜん》の席を設けさせてもらうからね。その節は、戸田さまも是非ご一緒に……」

文哉はそう言い、今日はあまり時間がないというお葉を無理に引き留めたのだった。

「けど、みすずのおとっつァんに養女に貰うことを了解してもらえて、本当に嬉しかったよ。おっかさんは亡くなっちまったけど、おとっつァんは八丈島《はちじょうじま》にいるんだからさ。流人《るにん》となったといっても、おとっつァんには変わりない……。無断で娘を養女にするわけにはいかないからさ。ところが、親分が間に入って渡引《わたりひき》をしてくれ、話がトントン拍子《びょうし》に進んだんだもの、蛤町に脚を向けて寝られないよ」

「なに、伊佐治《いさじ》も悦んでくれてよ。文の遣り取りだったんだが、娘に父親《てておや》らしきことを何一つしてやることが出来なかったが、これで、みすずが幸せになれるんだと思うと、感謝の気持で一杯だと返事をくれてよ……。伊佐治、流人となってからも、ずっとみすずのことを案じていたんだろうて」

お葉が訊ねる。

「伊佐治さんが御赦免《ごしゃめん》になるってことはないのかえ?」

「さあて……。そいつばかしは俺にも判らねえ。が、まっ、仮に、御赦免になって伊佐治が戻って来るようなことがあっても、陰から見守るだけで、まかり間違っても、みすずの幸せを邪魔立てすることはしねえさ。俺は伊佐治のことをよく知っているが、あいつはそういう男だからよ」

「なに、みすずの前におとっつァんが現れたって構わないさ! そのときは、伊佐治さんもあたしが面倒見ようじゃないか」

　さすがは競肌《きおいはだ》（勇み肌）の文哉である。

「あたしはここまで来るのに、さんざっぱら、辛酸《しんさん》を嘗《な》めてきたからね。互いに臑《すね》に疵を持つ身だもの、支え合い、疵を嘗め合って生きていくさ！」

「文哉さん、偉い！」

「何言ってんのさ、お葉さん。あたしゃ、おまえの足許にも及ばないよ！」

「へへっ、そうやって互いに褒《ほ》め合ってりゃ、世話ァねえや……。おっ、めでてェな！」

　友七が盃を掲《かか》げてみせる。

　そうして、四半刻《しはんとき》（三十分）後、お葉と友七は千草の花を辞した。

　大川べりを歩いていると、常夜灯《じょうやとう》の下《もと》で若草が朦朧《もうろう》と霞《かす》んで見えた。

　雑草なので何の花かは判らないが、緑の中にところどころ紫が見えるのは、野路《のじ》菫《すみれ》であろうか……。

「春だな。こうして夜道を歩いていても、あんまし寒かァねえもんな」

　友七がぽつりと呟く。

「お葉よ、おめえ、なんか不思議な気がしねえかよ。永《なげ》ェこと消息の知れなかった久乃の来し方が判ったと思ったら、よし乃屋をあんなことに陥《おとしい》れた要因の一端でもある文哉がみすずを引き取り、新たに母娘《おやこ》の関係を築くというんだからよ。おめえにしてみりゃ、さぞかし複雑な想いだっただろうに、おめえは噯《おくび》にも出さなかったんだもんな……」

お葉はふふっと嗤《わら》った。

「何事もなるようにしかならない。すべて、宿世《すくせ》の宿命《さだめ》……。文哉さんはここまでくるのに、充分すぎるほど苦労してきたんだもの、そろそろ幸せになってもよい頃なんだよ！」

「そうけえ。そう割り切ってんだな。やっぱ、偉《えれ》ェよ、おめえは……」

ふン、偉くなんかあるもんか！

お葉は胸の内でそう呟いた。

その刹那、潤んだ瞳の奥で、草朧《くさおぼろ》がぐらりと歪《ゆが》んで見えた。

そればかりか、大川に揺《たゆ》とう夜《よ》焚《た》き舟《ぶね》も何もかもが靄《もや》って見える。

「おっ、おめえ、泣いてんのかよ」

友七がお葉の変化に気づき、覗き込む。

「てんごうを！　誰が泣くもんか！」

お葉の声が川べりの道を転がっていった。

雪の声

一〇〇字書評

切り取り線

購買動機（新聞、雑誌名を記入するか、あるいは○をつけてください）	
□（　　　　　　　　　　）の広告を見て	
□（　　　　　　　　　　）の書評を見て	
□ 知人のすすめで	□ タイトルに惹かれて
□ カバーが良かったから	□ 内容が面白そうだから
□ 好きな作家だから	□ 好きな分野の本だから

・最近、最も感銘を受けた作品名をお書き下さい

・あなたのお好きな作家名をお書き下さい

・その他、ご要望がありましたらお書き下さい

住所	〒				
氏名		職業		年齢	
Eメール	※携帯には配信できません	新刊情報等のメール配信を 希望する・しない			

この本の感想を、編集部までお寄せいただけたらありがたく存じます。今後の企画の参考にさせていただきます。Eメールでも結構です。

いただいた「一〇〇字書評」は、新聞・雑誌等に紹介させていただくことがあります。その場合はお礼として特製図書カードを差し上げます。

前ページの原稿用紙に書評をお書きの上、切り取り、左記までお送り下さい。宛先の住所は不要です。

なお、ご記入いただいたお名前、ご住所等は、書評紹介の事前了解、謝礼のお届けのためだけに利用し、そのほかの目的のために利用することはありません。

〒一〇一 - 八七〇一
祥伝社文庫編集長　坂口芳和
電話　〇三（三二六五）二〇八〇

祥伝社ホームページの「ブックレビュー」からも、書き込めます。

http://www.shodensha.co.jp/bookreview/

祥伝社文庫

雪《ゆき》の声《こえ》 便《たよ》り屋《や》お葉日月抄《ようじつげっしょう》

平成24年12月20日　初版第1刷発行

著　者　今井絵美子《いまいえみこ》

発行者　竹内和芳

発行所　祥伝社《しょうでんしゃ》
東京都千代田区神田神保町3-3
〒101-8701
電話　03（3265）2081（販売部）
電話　03（3265）2080（編集部）
電話　03（3265）3622（業務部）
http://www.shodensha.co.jp/

印刷所　萩原印刷
製本所　ナショナル製本
カバーフォーマットデザイン　中原達治

 ISBN978-4-396-33808-4 C0193

祥伝社文庫の好評既刊

今井絵美子　**夢おくり**　便り屋お葉日月抄①

「おかっしゃい」持ち前の侠な心意気で邪な思惑を蹴散らした元芸者・お葉。だが、そこに新たな騒動が！

今井絵美子　**泣きぼくろ**　便り屋お葉日月抄②

父と弟を喪ったおてるを励ますため、お葉は彼女の母に文を送るが、そこに新たな悲報が……。

今井絵美子　**なごり月**　便り屋お葉日月抄③

「女だからって、あっちをなめたら承知しないよ！」情にもろくて鉄火肌、お葉の啖呵が深川に響く！

宇江佐真理　**おうねぇすてぃ**

文明開化の明治初期を駆け抜けた、若い男女の激しくも一途な恋…。著者、初の明治ロマン！

宇江佐真理　**十日えびす**　花嵐浮世困話

夫が急逝し、家を追い出された後添えの八重。実の親子のように仲のいいおみちと日本橋に引っ越したが…。

岡本さとる　**取次屋栄三《えいざ》**

武家と町人のいざこざを知恵と腕力で丸く収める秋月栄三郎。縄田一男氏激賞の「笑える、泣ける」傑作時代小説。

祥伝社文庫の好評既刊

岡本さとる　がんこ煙管《ぎせる》　取次屋栄三②

栄三郎、頑固親爺と対決！「楽しい。面白い。気持ちいい。ありがとうと言いたくなる作品」と細谷正充氏絶賛！

岡本さとる　若の恋　取次屋栄三③

名取裕子さんもたちまち栄三の虜に！「胸がすーっとして、あたしゃ益々惚れちまったぁ！」大好評の第三弾！

岡本さとる　千の倉より　取次屋栄三④

「こんなお江戸に暮らしてみたい」と、日本の心を歌いあげる歌手・千昌夫さんも感銘を受けたシリーズ第四弾！

岡本さとる　茶漬け一膳　取次屋栄三⑤

この男が動くたび、絆の花がひとつ咲く！　人と人とを取りもつ〝取次屋〟の活躍を描く、心はずませる人情物語。

岡本さとる　妻恋日記　取次屋栄三⑥

亡き妻は幸せだったのか？　日記に遺された若き日の妻の秘密。老侍が辿る追憶の道。想いを掬う取次の行方は。

岡本さとる　浮かぶ瀬　取次屋栄三⑦

神様も頬ゆるめる人たらし。栄三の笑顔が縁をつなぐ！　取次屋の心にくい〝仕掛け〟に不良少年が選んだ道とは？

祥伝社文庫の好評既刊

藤原緋沙子
恋椿 橋廻り同心・平七郎控①
橋上に芽生える愛、終わる命…橋廻り同心平七郎と瓦版女主人おこうの人情味溢れる江戸橋づくし物語。

藤原緋沙子
火の華《はな》 橋廻り同心・平七郎控②
江戸の橋を預かる橋廻り同心・平七郎が、剣と人情をもって悪を裁くさまを、繊細な筆致で描くシリーズ第二弾。

藤原緋沙子
雪舞い 橋廻り同心・平七郎控③
雲母橋《きらず》・千鳥橋《ちどり》・思案橋《しあん》・今戸橋《いまど》。橋廻り同心・平七郎の人情裁きが冴えわたる好評シリーズ第三弾。

藤原緋沙子
夕立《ゆだ》ち 橋廻り同心・平七郎控④
人生模様が交差する江戸の橋を預かる、北町奉行所橋廻り同心・平七郎の人情裁き。好評シリーズ第四弾。

藤原緋沙子
冬萌え 橋廻り同心・平七郎控⑤
泥棒捕縛に手柄の娘の秘密。高利貸しの優しい顔――橋の上での人生の悲喜こもごも。人気シリーズ第五弾。

藤原緋沙子
夢の浮き橋 橋廻り同心・平七郎控⑥
永代橋の崩落で両親を失い、深い傷を負ったお幸を癒《いや》した与七《よしち》に盗賊の疑いが――橋廻り同心第六弾！

祥伝社文庫　今月の新刊

中田永一　吉祥寺の朝日奈くん
心情の瑞々しさが胸を打つ表題作等、せつない五つの恋愛模様。

新津きよみ　記録魔
見知らぬ女に依頼されたのは〝殺人の記録〟だった――

安達　瑶　ざ・りべんじ
〝復讐の女神〟による連続殺人に二重人格・竜二＆大介が挑む！

藍川　京　情事のツケ
妻には言えない窮地に、一計を案じたのは不倫相手!?

白根　翼　妻を寝とらば
財政破綻の故郷で、親友の妻にして、初恋の人を救う方法とは!?

岡本さとる　海より深し　取次屋栄三
「三回は泣くと薦められた一冊」女子アナ中野さん、栄三に惚れる。

今井絵美子　雪の声　便り屋お葉日月抄
深川に身を寄せ合う温かさ。鉄火肌のお葉の啖呵が心地よい！

喜安幸夫　隠密家族　逆襲
若君の謀殺を阻止せよ！隠密一家対陰陽師の刺客。